光文社文庫

文庫書下ろし／傑作時代小説

百年の仇

くらがり同心裁許帳

井川香四郎

光　文　社

目次

百年の仇

くらがり同心裁許帳

第一話　月夜の虹

一

小伝馬町《こでんまちょう》牢屋敷に、〝くらがり同心《どうしん》〟こと角野忠兵衛《すみのちゅうべえ》が呼び出されたのは、江戸市中の木々が色づき始めた頃だった。

夕暮れになると、まさに釣瓶《つるべ》落としとなって、あっという間に暗くなる。が、町明かりが広がると、なぜか心が騒ぐ。一日を終えた役人や商家の奉公人らが、赤い灯に吸い寄せられるように一杯飲み屋に入る姿も増える。

忠兵衛はここ数日、三度の飯よりも好きな釣りもできずに苛々していたが、突然、牢屋敷に行けと吟味方与力《ぎんみがたよりき》から命じられた。

面会する相手は、揚屋《あがりや》にある女牢に収監されている〝虹《にじ》〟という名で、橋本喜《はしもとき》左衛門《ざえもん》という小普請方《こぶしんかた》旗本の妻だ。

夫の橋本が何者かに殺されたが、一晩も放置していたという咎《とが》で死罪が決まり、処刑を待っていた。殺した下手人《げしゅにん》は見つかっていないが、死体を放置したために死罪になるのは、御定書《おさだめがき》七十一条の「夫婦は主従に準ずる」ということが適用され、

──下手人が立ち去った後、夫を助けず、自身番に届けもせず、翌朝まで捨て置いたのは、妻として不届き至極である。

と南町奉行・大岡越前《おおおかえちぜん》によって判決されたのである。

死罪に限らず、判決が出されれば即日、処刑されるのが原則である。遠島のように流人船《るにんぶね》が来るまで待たされることもあるが、この女囚は何らかの事情があるのか、結審されてから二月《ふたつき》余り、執行されていないという。

「──いつ来ても、あまりいい気持ちはしないな……」

と呟《つぶや》きながら、忠兵衛は牢屋敷の黒塗り表門を見上げた。

表間口《まぐち》は五十二間《けん》二尺五分、奥行き五十間あるという一町四方の敷地で、三方は土手で固められ、その内側は堀で囲まれている。七尺八寸という高い練り塀には、忍び返しがついており、侵入や脱獄を防いでいる。中には常に四百人余りの囚人がいる。

この牢屋敷が、日本橋《にほんばし》の町のど真ん中にあるのだから、住人たちはあまりよく思ってはいない。明け方などに囚人たちが発する〝鬨《とき》の声〟は気持ちのよいものではなかった。

表門から入り、牢部屋に繋《つな》がる埋門《うずみもん》まで来た。

その中にはすぐ改番所があり、すでに牢屋見廻り与力から先触れが来ていたのか、鍵役同心が待っていた。忠兵衛とも顔見知りの鍵役だが、文字通り鍵を管理するため、牢屋奉行配下五十人の中では最も身分が高く、町方同心よりも俸禄も高かった。

当番所という監視部屋の東西に、長屋のように牢が施設されており、口揚屋、奥揚屋、大牢、二間《にけん》牢などに、咎人はその身分や罪科の重さによって分別され、収監されている。

西口揚屋の女牢に限っては、数も少ないことから、武家も町人百姓も一緒に拘禁されていた。本来、揚屋とは大名や旗本の家臣や御家人、僧侶や神官が入る所だが、この西口は女の匂いに満ちていた。

四寸角の二重格子で通気性が改善されていたとはいえ、どんよりと淀んでおり、黴臭《かびくさ》い臭《にお》いも板壁に染み着いていた。湯に入るのも、月に数度に限られているので、町場にはない異臭が漂っている。

牢屋敷という名称だが、ここは〝刑務所〟ではなく、基本的に未決囚が留められる拘置所に過ぎない。ゆえに、判決が翻ったり、嘆願が通って釈放されたりすることも、まったくないことはなかった。だが、死罪の疑いを受けて、牢屋敷という地獄に入ったからには、めったに生きて出られることはなかった。

忠兵衛は鍵役同心に連れられて、女牢の前に来た。牢部屋は二重に仕切られており、外格子の中に入ると、内格子の内側では、すでに虹という女囚が正座をして待っていた。

浅葱《あさぎ》色の囚人服に、黒髪は束ねただけだが、元々美しい顔だちであったのか、凛《りん》とした目つきで、そこはかとない色気すらあった。忠兵衛は思わず、目を見張った。そういう目つきで見られることに、虹は慣れているのであろう、

「わざわざのおでまし、ありがとうございます」

と微《かす》かに薄い唇が動いた。

揚屋内には、十五畳程の部屋が三つと、さらに奥には十八畳程の部屋が三つあった。間口五間、奥行き三間の大牢よりも快適そうに見え、時には妊婦などもいるから、軽微な罪人の中から下女としての手伝いも認められている。虹は一応、武家女であるから、下女が何かと面倒を見ていた。

「角野忠兵衛様でございますね。この度は、私のために、ご尽力下さるそうで、なんと御礼を申し上げてよいか。どうぞ宜しくお願い致します……思っていたよりも、お優しいお方のようで、少し安堵《あんど》しました」

虹は丁寧に手を突いて、頭を下げた。

忠兵衛も思わず礼をしたが、傍らの鍵役同心も立ち会いのもと、質問を始めた。

「ご尽力……というのも、なんでしてな……よく分からず、吟味方与力に命じられるまま来たのですがね……まずは、あなたの要望とやらを、聞きましょうかな」

注意深く、忠兵衛が尋ねると、虹は意外そうな目を向けて、

「罪人に対して、あなたと呼んで下さるとは、嬉しい心遣いでございます。でも……私の罪状は、ご存じないのでしょうか」

と訊き返してきた。

「夫である橋本喜左衛門様が何者かに殺害された一件で、あなたの不手際というか、不作為が死罪に問われたと、奉行所の捕物控え帳では読んでおります」

「さようでございますか……」

少し残念そうな声になった。もっと関心を抱いてきたのではないかと、虹は期待していたようであった。

控え帳によれば——。

ある夜、虹と橋本が寛《くつろ》いでいたところへ、数人の黒装束を纏《まと》った覆面の男たちが乗り込んできて、いきなり斬りつけてきた。

最初の一撃は、橋本の戦闘意欲を削ぎ落とすためのもので、肩口を叩き斬った程度であり、血はかなり流れていたが、致命傷ではなかった。賊の要求は、金であった。

『大人しく金を出せ。言うことを聞けば、命までは取らぬ』

頭目格の黒装束はそう命じた。

怪我をしている橋本の喉元には、刀が突きつけられ、虹の方が蔵に案内させられ、鍵を開けさせられた。中には、米俵や大工道具などと一緒に、千両箱が数個あった。賊はすぐに中身を確かめて、千両箱をすべて運び出した。

そのまま賊たちは退散しようとしたのだが、橋本が頭目格の一瞬の隙をついて、床の間の刀を抜き払って斬りつけた。わずか二百石の小普請方旗本であるが、日頃から町道場にて剣術に励んでおり、新陰《しんかげ》流奥伝の腕前だった。

頭目格は手首を斬られ、持っていた刀を落としたほどだが、騒ぎに気付いた仲間が戻ってきて、橋本をめった斬りにした。カッと目を見開いたまま、橋本は即死した。

虹は廊下に引きずり出されたが、賊たちも橋本の血糊《ちのり》で滑るほどであった。

賊のひとりは、虹に刀を突きつけ、

『声を立てたり逃げようとすると、叩き斬るぞ。番所に駆け込もうとしても無駄だ。ここから動くなよ。よいな』

と脅した。

恐怖に打ち震える虹は、頷《うなず》くしかなかった。自分の顔や体も返り血で染まっており、腰を抜かしてしまった。

賊たちは一斉に逃げ去ったが、虹は立ち上がることもできず、その場に呆然と座り込んだまま、座敷の蒲団《ふとん》の上で仰向けに倒れている夫の姿を、恐怖に耐えながら眺めているしかなかった。

どのくらい時が経ったか、東の空が明るくなった頃、我に返った虹は這々《ほうほう》の体《てい》で、隣家の旗本屋敷まで行った。まだ辻番も開いておらず、必死に救いを求めたのだった。

隣家の中間《ちゅうげん》らは驚きながらも、すぐに助けてくれたが、意外なことに町方役人には捕縛され、南町奉行所に直《じか》に連れていかれた。

定町《じょうまち》廻り同心に厳しく問い詰められて、虹は身に起こったことを懸命に話した。が、筆頭同心の篠原恵之介《しのはらけいのすけ》はまるで、虹が誰かを雇って、夫を殺したかのように責め立てた。その理由として、

——夫とは日頃から不仲であった。

——年が十五歳も離れていたのに嫁に入ったのは、旗本の身分と金が目当てだった。

——元は深川《ふかがわ》の岡場所の遊女だった。

ことなどから、疑われたのだ。

そこまで話してから、忠兵衛は牢内できちんと正座している虹を、改めて見た。清楚な中にも、そこはかとない色香を感じるのは、捕物控え帳に遊女と書かれているからかもしれない。忠兵衛がゴクリと生唾を飲み込むのを、虹は平然と見ていた。

「ここには、まるで、あなた自身が夫殺しの主犯であるかのように記されてるが、誤解なきように申し述べておくけれど、あなたの咎は、長い間、夫を助けようともせず、捨て置いたことによるものです」

「はい……」

「判例でも〝下手人《げしにん》〟になった者もあるが、珍しいことだと思う」

ここでいう〝下手人〟とは、死罪、獄門、磔《はりつけ》、火刑、鋸挽《のこぎりびき》など他の死刑のうちで、最も軽いものである。要するに斬首刑で、牢屋番所内の〝切場《きりば》〟で、目隠しで縄に縛られたまま処刑される。どのみち殺されるのだが、犯した罪の重さによって、咎人に対する苦痛や残酷の度合いが変えられていたのだ。

「本当の下手人……橋本様を殺し、大金を奪って逃げた押し込み一味を探して捕まえることができれば、あなたに情状酌量の余地はあると思う。だが、今のままでは……」

刑は執行されるであろうと言葉にこそ出さないが、忠兵衛は首を横に振った。

「ですがね……事件は〝くらがり〟に廻ってきました」

「〝くらがり〟……？」

「はい。事件が起これば、まず定町廻り同心が、殺しの下手人や盗賊一味などを探します。それは、『日限尋《ひぎりたずね》』といって、概ね十日区切りで探索を延長していきます。一旬、二旬、三旬……と」

「はい……」

「ですが、他の事件が起きると、そっちにも手を廻さねばなりません。なにしろ、定町廻りは南北に十二人しかいませんからね。もちろん、隠密《おんみつ》廻りや臨時廻りも手伝いますが、二月も下手人を捕らえることができなければ、『永尋書留役《ながたずねかきとめやく》』の方に廻ってきます」

例繰方《れいくりかた》差配にあるので、後は事件を文書にして残す作業がほとんどだから、事実上は迷宮入りしたに等しい。時に再探索をすることもあるが、解決への道は遠いのが常だ。

「なので、虹さんでしたか……あなたの場合は、お奉行としても未だに処刑しないのは、忸怩《じくじ》たる思いがあるのかもしれない。法には厳格だけど、意外と人情味もあるしね」

「……」

「それに、真相がハッキリしていないということは、大きいと思いますよ。もし、下手人が見つかった場合、証人や証言、証拠が必要ですからね、それまではあなたを生かしているのだと思います」

「生かしている……」

「あ、すみません。繊細さに欠ける言い草でしたね。申し訳ない」

「あ、いえ……」

「で……あなたの方からも、引き続き探索を願ったとのことですが、定町廻りに話し損ねたこと、後になって思い出したこと、新たに気付いたことなどがあれば、遠慮なく話して下さい。控え帳に書かれてないことで、大切なことがありますかな」

忠兵衛が切り出すまでもなく、虹はずっと胸に秘めていたかのように、

「はい。ございます」

と格子に摑《つか》みかかるように前のめりになった。

「どうぞ、お話し下さい」

「実は……賊たちが話していた言葉に、訛《なま》りがあったのです。お国訛り……常陸《ひたち》の方の言葉だと思います。ええ、私は土浦《つちうら》で生まれ育ったものですから、聞き覚えが……」

「お国訛り……それならば、すぐにでも訴え出てよさそうですが」

「取り調べがきつくて、余裕がありませんでした。それと……」

「それと？」

「賊は四、五人いたのですが、ひとりは女だと思います」

「女……どうして、そう？」

「やはり、お国訛りです。女しか使わない言葉を……『何々……しないんちゃっ

た』と思わず言ったんです。これは、何々し忘れてしまったってことなのですが、咄嗟《とっさ》のときは、あまり殿方は使いません」

「……しないんちゃった」

「何をし忘れたのか、牢に入ってから考えるようになったんですが……」

虹は声をひそめて、

「誰か人を、殺し忘れた……ように感じたんです」

「ええ……!?」

「そのときは、私のことかと思ったのですが、こうして生きてる。でも、その後も、うちの屋敷の奉公人とかに害も加わってないとなると……」

勿体《もったい》つけたように、虹は息を大きく吸い込んだ。

「心当たりがあるのかね」

「確かかどうか分かりません。でも、もしかしたら、あのお方かもしれない……」

虹は格子に近づくと、忠兵衛に耳打ちするかのように、柔らかい声で囁《ささや》くのだった。

二

永尋書留役の詰め部屋は、詮議所の裏手に、書庫に囲まれるようにしてある。

わずか八畳ばかりの所に、文机はふたつあるが、上役だった袴田美濃助《はかまだみのすけ》が退官してから使われていない。ふだん忠兵衛が使う書類や綴り本、筆や硯《すずり》が置かれているだけである。

一応、障子窓はひとつあるものの常に閉じられたままで、手前の書棚の上に積まれたままの紙の束がある。そのせいか薄暗く、開け閉めするのにも一苦労であろう。何処《どこ》からともなく、クックグルグルと鳩の鳴く声がしている。どうやら窓の外に鳩小屋があるようだ。

埃《ほこり》が舞うような部屋で、ひとりの若侍が柱に凭《もた》れて、何やら紙に書いた図形や計算式をぼんやりと眺めていた。退屈そうに、指先だけで算盤《そろばん》を弾くような仕草をしながら、ぶつぶつと言っては、ひとりで「大正解」と溜息をつくと、また鳩の声がした。

「――まったく、うるさいなあ……」

半ばブチ切れ気味に振り返ると、いつの間に来ていたのか、背後に忠兵衛が立っている。若侍の持っている紙を覗き込んで、

「なんだね、そりゃ」

「〝算額〟ですよ……どうでもいいけど、初出仕がこれですか」

「面白いか、その〝算額〟とやらは。俺はからきし駄目でね」

「子供でもやってるものですよ。神社によく飾ってあるでしょうが」

「そのようだな。なんだか沢山、棒みたいなのがあるが、これはなんだね」

「算木《さんぎ》も知らないんですか。〝算盤《さんばん》〟では算出できない数を導き出すものですよ。あ、もしかして、天元術《てんげんじゅつ》を知らないので？『算学啓蒙《けいもう》』や『塵劫記《じんこうき》』くらい、今時、寺子屋でも教えてますがね」

「へえ……で、これは何を算出しようとしてるのかね」

「この未知の数を〝天元の一〟として立てて、縦軸は〝商〟が答え。〝実〟が定数項、〝法〟と〝源〟が係数で、横軸の……」

今でいう八次方程式を解いているのだが、忠兵衛にはサッパリ分からない。

「それが役に立つのかね」

「別に何の役にも立ちませんよ。解ければ達成した喜びがあるじゃないですか。い

わば、知的な遊びですな」

「あ、そう」

「頭を使った娯楽には違いないですがね、天文学や暦学、測量学などを学ぶための基礎にはなります」

「なるほど、さすがだ。湯島聖堂《ゆしませいどう》の学問所で一番だったとか」

昌平坂《しょうへいざか》学問所ができる前の、林羅山《はやしらざん》を祖とする私塾だが、武士町人を問わず、優秀な人材が集まって、儒学を中心に学問を学ぶ殿堂であった。そこを首席で出ると、武士ならば出世栄達の道が開ける。

「いずれ奉行にでもなれるでしょうな」

「からかってるのですか……あなたが遅刻するから、こうして暇潰しをしていたのですよ。しかも、今日が初出仕。まさか、こんな嫌がらせをされるとは思ってもみませんでしたよ」

「何を、そんなにカリカリしてるのです。昨日は色々とありましてな。厄介そうな事件の下調べで、ろくに寝て……ふぁああ」

抱えていた書類を置いて、欠伸《あくび》をして背伸びをする忠兵衛を、若侍は呆れ果てた顔で見ていた。むしろ嫌悪を帯びていた。

「若いのに怖いなあ。遅刻といっても、四半刻《とき》ほど。目くじら立てるほどじゃ……」

「そんな姿勢でよろしいのですか。探索とは一にも二にも迅速で丁寧、何より正確さを求められますがね」

「そのとおり」

忠兵衛は納得したように頷いて、

「でも、〝くらがり〟に落ちた事件を扱うからねえ、永尋書留役は……だから、自分に合ったやり方や進め具合で結構。競争じゃなくて、他のことにあれこれ左右されず探索するのが、真骨頂ですぞ」

「………」

「あっ――」

思い立ったように、忠兵衛は若侍を見て、

「俺は、角野忠兵衛だ。よろしく」

「知ってますよ」

「隅っこではなく、角《かど》っこの方だ。ま、似たようなものか。そういや、牢部屋にも〝隅の老人〟てのが必ずいてな、こいつは元は牢名主で隠居した奴だ」

「……何の話をしてるのです」

「そいつからも話を聞こうと思ったら、ポックリ死んでしまってな……あ、それで……おまえさんの名前はなんだっけ」

素直に忠兵衛は訊いたつもりだが、若侍は苛立ち紛れに、

「北内勝馬《きたうちしょうま》。父は勘定方《かんじょうかた》の同心ですがね、私は人一倍、正義感が強いので、定町廻りを願い出たしだいです」

「ああ、それは大切なことです。法の安定と正義の実現。何より悪いことをした者を捕縛して、お白洲《しらす》にかける」

「なのに、なんで、こんな窓際のしょぼい〝くらがり〟に来なきゃいけないのです」

「それは俺に言われても……決めたのは、お奉行だと聞いてるが」

「定町廻り筆頭同心の篠原様にも、あれほど念を押したのに。父上とは昔馴染みですから、ちゃんと頼んでおいたのですよ」

「篠原様ねえ……」

忠兵衛は曰《いわ》くありげな目つきになって、短い溜息をついた。

「なんですか。篠原様は数々の手柄を立てている立派な定町廻り同心です」

「そりゃ、承知してるよ。情けよりも金で動くという評判もな。おまえ、幾ら包んだ」

勝馬は口を真一文字に結んだ。

「可哀想に。ドブに捨てたも同然だな。貰うもんだけ貰って知らん顔は、あの御仁の〝十八番《おはこ》〟だから……昔、酒井一楽《さかいいちらく》って、相撲取りみたいなでっかい筆頭同心がいたんだけどね、これもなかなか食えない人だったが、袖の下を貰った分くらいの働きはしてたなあ……世知辛《せちがら》い世の中になったもんだ」

「角野さん……人の悪口は言わない方がよろしいと思いますよ」

「ほんとのことだよ」

忠兵衛は微笑《ほほえ》みかけてから、持ってきた書類をガサゴソと広げながら、

「そんなことより、昨日、女牢で会った虹って武家女のことだがな。話がどうも曖昧《あいまい》というか、核心に迫らないというか……経験から見て、少々難儀な女かなと思うのだが、おまえも一度、会ってみるがよい」

「旗本の橋本喜左衛門様宅の押し込み殺しの一件ですね」

「ああ、そうだ。初出仕なのに、よく知ってるな」

「初出仕だからこそです。今、扱っている事件は当然のこと、永尋になったものの

中から、まだ日が浅くて解決ができそうなもの、検討の余地があるもの、古すぎてもう破棄した方がよいもの……それくらいの事件は大まかに書庫にて下読みしてます」

「おお、さすが聖堂一番の秀才。俺とは土台、デキが違うな」

「一々、煩わしいことは言わなくて結構です。それより、牢部屋での虹とやらの様子を詳しく聞かせて下さい。もっとも……」

勝馬は朗々と自説を述べ始めた。

「その女が一枚嚙んでいる……いえ、もっと進んで、一味のひとりだと思います。なぜならば、虹は、深川悪所である土橋《どばし》の遊女屋で働いていた女。その美形に通い詰める男は多かったとか。そんな中に、あろうことか旗本の橋本喜左衛門様もおり、すっかり虹の虜《とりこ》になってしまった」

「――のようだな」

「身請けをしたがる商家の若旦那などもいたが、わざわざ武家の……しかも十五歳も年上の橋本様を選んだのには訳があります。ずばり、早く死ぬから財産を狙えます……聞いたところでは、橋本様は昔、労咳《ろうがい》を患ったことがあり、肺が病《やまい》がちなので、出世とも縁がなかった。ゆえに、小普請組という、実質は無役に組み込まれ

ていま す」

「無役といってもイザという時に働くし、実際、小普請組は普請奉行や作事《さくじ》奉行のもとで仕事をしておる」

「私が言っているのは、役職がないということは責任がない、という意味でです。しかも、二百石という旗本としては最も低い禄高で、実入りは八十石ほど。そりゃ、私たち三十俵二人扶持《ににんぶち》の御家人の同心から見れば、羨ましいくらいの禄高ですが……千両箱が幾つもあるような金持ちとは思えませぬ」

「うん。そうだな」

「なぜ、そのような大金が蔵にあったのでしょう。私がちょっと調べたところでは、ご先祖が蓄財した節もありません」

「もう、なんでも調べてるのだな。凄いなあ」

「それが仕事ですから」

当たり前のように、勝馬は冷ややかに言って、忠兵衛が机に並べた書類の中から何かを探しながら続けた。

「不思議なことに、橋本家の私財については、筆頭同心の篠原様も担当同心の内田《うちだ》さんも、そして吟味方与力の藤堂《とうどう》様も誰ひとり、疑問を呈していないのです。おかしくないですか」

「俺はおかしいと思ってたよ」

「だったら、何故《なにゆえ》、言上しなかったのです」

「ここへ来たのは、つい先日のことだから。定町廻りの探索には、一々、首を突っ込んでないからな」

　忠兵衛が言い返すと、勝馬は明らかにまた嫌味な顔になって、

「そうやって、人のせいにすることができる役職なんですね、ここは。楽ちんだな」

「ああ、楽させて貰ってるよ。この一件も早くケリをつけて、鯊《はぜ》釣りに出かけたい。今が旬なのに勿体ない。毎日、腕がうずうずしっ放しでなあ」

　わざと大げさに、忠兵衛は腕を震わせた。勝馬は小さくチッと舌打ちしてから、自説をさらに早口で語った。

「いいですか。虹は、この盗賊一味の頭目……仮に鬼吉《おにきち》と呼んでおきましょうか……こいつとは客と遊女の関係にあった頃から、気心が通じていた。そこで、虹に入れあげている橋本様に目をつけて、身請けさせ、さらに奥方にまでさせた。金がたんまりあることを、知っていたからです」

「うむ……しかし、おまえの話によれば、商家の方が金があるから、そんな間夫《まぶ》がいれば、大店《おおだな》のバカ旦那を選ぶだろう」

「いいえ。商家は結構、警戒が強くて、蔵などは幾重にも鍵を掛けたり、防災に金をかけている厚い壁ですから、なかなか破れません。それに比べて、武家は意外と油断しているし、抜け穴も多いのです」

「ま、そういう話はよく聞くがな……」

と忠兵衛は首を傾げて、

「でも、どうして、橋本家には金があることを、虹は知ってたんだろうな」

「虹が知ってたのではなく、鬼吉が知っていたのです」

「ほう、鬼吉が……仮の名のな」

「色仕掛けで、いとも簡単に籠絡された橋本は、虹を嫁にした。つまり、鬼吉はまんまと、手引きを屋敷の中に入れたのです」

「なぜ、鬼吉は、橋本家に金があると知ってたのだ」

「それは、これから詳しく調べますが……ほら、これを見て下さい」

勝馬は書類の山の中から、帳簿らしき薄手の綴り本を引っ張り出した。ポンと埃を払うようにして、

「ちゃんと整理しておいて下さいよね」

　と舌打ちした。

「おまえさ……舌打ちは癖なのかもしれないが、意外とよく聞こえるんだよ。俺にはいいけど、他の人たちが耳にしたら、気分を悪くするかもしれんから、気をつけときな」

「これは相済みません」

　謝りながらも、勝馬はまた小さく舌打ちして、

「帳簿の話ですよ、ほら……ここにね、不明な入金が記されてるのです。もう三年くらい前から、二月に一度ずつくらい、二百両とか三百両とか、纏まった金が入って、合計四千八百両余りの金が、橋本家に入っているのです」

　と謎の本質を見つけたとばかりに話し、得意満面になった。

「——なるほど……」

　忠兵衛も舐めるように見たが、何処から入ったものかは、はっきり書かれていなかった。「茶」とか「藍」とか符丁みたいな文字だけが並んでいた。大した意味があるとは思えないが、橋本だけには分かったのかもしれない。

「これは、勝馬。大発見だな」

「いきなり、人の名前を呼び捨てにしないで下さいよ」

「では、北内勝馬殿……これは、よいところに気付いたな。あっぱれだ」

「もしかして、バカにしてます？」

「素直じゃないな。誉《ほ》めているのだ。橋本様は一体、誰から貰ったのだろうか。いや、ここには、預かり金と書いてある。つまり、貰ったり返された金ではなく、一時だけ蔵に預かったということか」

「正解。そういうことです」

今度は、素直に勝馬も同意して、

「で、下《しも》勘定所に勤めている父に訊いたところ、表沙汰にできない〝公金〟ではないか……とのことです」

「公金……公儀の金ということか」

「幕府の金なのか、どこかの大名の金なのかは分かりません。ですが、小普請組の橋本様に預けるとしたら、やはり公儀普請に纏《まつ》わる金であろうと推察できます。そこで、父にさらに尋ねてみると……なんと、丁度、この金が入金された頃、幕府は二万両程の裏金を、何人かの旗本に分けて預けていたというのです」

「なんのために……」

「勘定所を通さずに勝手次第に使える金を、誰かが担保しておくためです。しかも、自分が持っていれば怪しまれる。それを回避した策かと思えます」

　自信満々の顔で話す勝馬を、忠兵衛はまじまじと見ながら、

「ということは、橋本に預かれと命じたのは、公儀の偉い人だということか？」

「おそらく、そうでしょう。上役に当たる小普請組支配……これは三千石の大身《たいしん》の旗本が務める役職で、老中支配です……この辺りが最も怪しいと存じます」

「おいおい……そんな偉い御仁のことを探るのは、ご免だぞ」

　忠兵衛は情けないほど垂れ目になったが、勝馬の方は目を爛々《らんらん》と輝かせて、

「もしかしたら、大岡様が俺をここに寄越したのは、この裏には大きな事件があると睨《にら》んでのことかもしれない」

　と自分を納得させるように言った。忠兵衛は聞き飛ばして、

「てことは、三年前の小普請組支配が誰かが分かれば、金のことは察しがつくと、おまえは睨んでいるのだな」

「そうです」

　勝馬はコクリと頷いてから、

「角野さんは、意外と飲み込みが早いですね」

「いや、一杯一杯だ」

と忠兵衛は謙遜して、さらに疑念を問いかけた。

「では、その預かった裏金が橋本様の屋敷にあることを知っている奴が、押し込んで奪った——というのだな」

「はい。しかも、押し込んだのは浪人だとのことですが、それはハッキリとはしていない。もしかしたら、橋本様のことを知っている同じ小普請組の誰か、かもしれません……これは、まだ私の勝手な推測ですが、ただの泥棒が知っている話とは思えません。よって、裏金に関わった役人の仕業という考えも捨てきれません」

「ふうん。そうなのか……」

感心したように忠兵衛は頷いて、さらに勝馬に訊いた。

「おまえの言ってることが当たっているとしてだな……虹が、橋本様に身請けされ、妻になったのも、三年程前のことだ。時期もピッタリと合うな。しかし……」

「しかし……？」

「三年も待つ必要があるかな。虹が手引きとして嫁になったのなら、すぐにでも盗み出せばいいではないか」

「そんなことをすれば、まさに疑われる。これも、私の推測ですが……その頃は、小遣い程度の金を持ち出して、鬼吉に与えていたのでしょう。しかし、一挙に盗み出さなければならぬ事情ができた、とか」

「事情、な……」

「たとえば、その裏金が使われる時がきた。だから、盗み出すしかなかった。だが、盗まれた金は隠さねばならない金だから、誰も訴え出ることができなかった……だから、町方の探索でも、下手人がなかなか浮かび上がってこないまま、時が過ぎた」

勝馬は自慢たらしく鼻を上に向けた。忠兵衛は「なるほど」と頷きながらも、諸《もろ》手《て》で拍手喝采を浴びせたい気はしなかった。何処かに違和感があったからだ。虹という女と面談したせいかもしれないが、勝馬の自説をまだ信じ切ることはできなかった。

「いずれにせよ、裏を取らねばなるまいな。一番よいのは、下手人を探し出して捕まえることだが、定町廻りでも手を焼いたものを、俺たちだけでは難しそうだな」

「俺たちだけって、永尋書留役って、ふたりだけなんですか」

「そうだよ。あ、いや鳩も数羽いるな。その窓の外に……」

「臭うんですけど」

「おや、鳩は賢いよ……とにかく、おまえも会ってみな、その虹って女に……そしたら、もっと確信を得ることができるかもな」

忠兵衛がお気楽そうに言うのを、勝馬はかなり不満そうに睨み返した。

三

「あら、今日は違う旦那さんですか……」

女牢の格子の前で、やはりきちんと清楚な姿で対峙《たいじ》した虹を、勝馬は剔《えぐ》るような目で睨んでいた。女の心の奥まで、臓腑《ぞうふ》と一緒に引き抜いてやろう。そんな魂胆を秘めた顔つきであった。

その内心を見透かしたかのように、虹は微笑み返して、

「なんと、お若い……羨ましいですわ」

と艶やかな声で言った。

「俺には色仕掛けは無駄だから」

「はい。分かります」

「……」

「だって、誰が見たって小粋で男前ですもの。世の中の女という女が、放っておかないと思いますわ。しかも、学問所では一番の秀才だったとか。ええ、鍵役の旦那から聞いております」

「無駄だよ。そんな世辞もこっちは折り込み済みだ。訊いたことだけに答えろ」

「本当のことですよ。ねえ、みんな、この若い同心の旦那、格好いいわよねえ。粋な小銀杏《こいちょう》に長めの黒羽織。見習いを終えたばかりには見えないくらい、同心姿が板に付いてますこと。角野様とは大違い。うふふ」

虹が女牢の他の者たちに同意を求めると、「ほんと、ほんと」と甘ったるい声を投げかけながら、近づいてきた。数人の女囚が虹の後ろに陣取ると、シナを作る仕草をする者もいた。だが、勝馬は冷静に追っ払うように手を振って、

「関わりない奴らは奥へ引っ込んでおれ。これは御用だ。甘い顔は一切せぬ」

とキッパリと言った。

女たちは仕方なさそうに、格子の前から離れた。勝馬は虹を睨みつけ、

「かなりの〝土産《みやげ》〟を持ち込んだのか？　牢の中で、早々と姐貴分になってるようだが、俺には通用しないぜ。分かるんだよ。おまえみたいな、悪辣な人間の考えてることは、手に取るようにな」

「お若いのに、ほんに頼もしいお方ですこと」

「いいから、問いにだけ答えろ」

「はい。承知致しました」

素直に虹は頭を下げた。そして、いかにも真摯な態度を見せるためか、キリッと背筋を伸ばし、穏やかなまなざしを向けた。

勝馬は、忠兵衛が問うたであろうことを繰り返して訊いてから、

「おまえは、どうして橋本様と一緒になったのだ」

「恥ずかしながら……身請けをされたからです。まさか正妻にしてくれるとは思ってもいませんでした。何処かに囲われるものかと」

「他にも言い寄る男が多かった中で、何故、橋本様を選んだのだと訊いておる」

「──問いかけ方が、まだ硬いですね。まるで吟味方みたい」

「吟味してるのだ。答えろ」

「そりゃ……橋本様が一番、優しい殿方だと思ったからです」

「なぜだ」

「そんな、なぜって……女が男に惚れるのに、理由なんて言葉にしようがありません。お互いに惹かれ合ったのです。北内の旦那なら、幾らでもそんなこと、あった

でしょ」

「ここは郭《くるわ》じゃないんだ。余計な話はするなと何度言ったら分かる」

「申し訳ありません」

微笑みを浮かべたまま、虹は謝った。

「千両箱五つも六つもの金があると知ったのはいつだ」

「え……？」

何を訊きたいのだという顔に、虹はなった。勝馬は引っかけようと思ったのだが、虹には通用しなかった。

「こんなこと言ってはなんですが、あの押し込みがあるまで知りませんでした……蔵の鍵を開けさせられたとき、吃驚《びっくり》しました」

「それまでは、ずっと貧乏旗本だと思っていたのか」

「貧乏と言っても、身売りをしなければならなかった私とは、大元が違います」

「盗賊はなぜ、おまえに鍵を開けさせたのだろうな。俺なら、女房を人質にして、主人の方に鍵を開けさせる。鍵のある場所も知ってるだろうし、逆らえば愛しい女房が殺されるのだからな」

「さあ……私には分かりません」

「分からぬか？」

「はい――」

「その盗賊はおまえに危害を加える気は、端《はな》からなかった。だから、まずは橋本様を斬りつけ、金を盗んだ後に殺した……つまりは、おまえは仲間だったのだ。手引きをするために、橋本様の妻になったのだ」

勝馬が断言すると、虹は悲しそうに俯《うつむ》いた。しばらく黙っていたが、ぽつりと言葉を噛みしめるように言った。

「定町廻りでも、吟味方でも同じようなことを言われました……主人とは不仲だったとか、おまえが仲間だろうとか……もし、そうなら、私も一緒に逃げてます」

「だが、おまえは一晩中、番所にも届けなかった。賊は仲間で、逃げ切るまで待っていたのだ。そうに違いあるまい」

「目の前で、あんな恐ろしいことがあったのです……主人が私のこの目の前で殺されたのです。頭がおかしくなりそうでした……訳も分からないまま、気を失ったのです」

「――そういう話をでっち上げて、探索を混乱させようとしても無駄だ。事実、仲間の盗賊はまんまと逃げたままだ」

冷ややかな目で勝馬が言うのを、恨めしそうに虹は見ていた。

「どうせ、おまえは被害を受けた哀れな妻を演じるつもりだったのだろう。だが、本当は悲しんでなんかいない。主人に心底、惚れてるのなら、後追い心中をしてもいい状況だ。だが、おまえは無実を訴えてるだけ」

「違います……」

「そうやって悲しんでみせて、ほとぼりが冷めたら江戸を離れ、盗賊の頭《かしら》とどこぞで落ち合う算段だったに違いあるまい」

「………」

「だが、すぐに届け出なかったというのが、おまえたちの誤算だったな。御定法《ごじょうほう》では、こういう場合を想定して、厳しくしてあるのだ。残念だったな」

勝馬はさらに追い打ちをかけるように、

「どうせ今頃は、おまえの間夫たちは贅沢三昧に遊んでるに違いない。もしかしたら、おまえも利用されただけかもしれないな」

「………」

「そんな奴を庇《かば》うことはあるまい。吐いてしまえよ。何処の誰かということを」

「知りません……本当に知りません」

悲しみを帯びた声で虹は繰り返し、涙を浮かべた。が、その涙もどうせ嘘だろうと、勝馬は思って睨んでいた。

「それとも、助けに来てくれるとでも考えているのか」

「どうして、私が仲間にされなきゃいけないのでしょうか……そこまでおっしゃるのでしたら、捕まえてきて下さい。盗賊一味を捕らえれば、すべて明らかになります」

初めて、虹は感情を露《あらわ》にした。だが、勝馬はそれも冷静に見ていて、

「本当のことを言われると、そうやって狼狽するんだよ。見習いのときでも、俺は沢山、見てきた。おまえのような見栄っ張りで、嘘つきで、言い逃れが上手い輩《やから》をな」

と吐き捨てるように言った。そして、これからが本番だとばかりに、胡座《あぐら》を組み直すと、まだ朱房《しゆぶさ》もついていない十手を突きだして、格子をトントンと叩きながら、乱暴な口調で言った。

「正直に話しやがれ。あれだけの大金があるのを、蔵を開けて初めて知ったなんて話を、誰が信じると思うのだ。それを不思議がってないのが、何よりの証拠なんだよッ」

「えっ……？」

「五千両といや、大店でも貯め込んでおくことができない大金だ。貧乏旗本のはずなのに、なぜそんな凄い金があると思ったのだ。さあ、言ってみろ」

「それは……分かりません……」

虹は首を横に振ると、勝馬は余裕の笑みで言った。

「ならば教えてやろう。あの金は、人様に言えぬ金だ。公にできない隠し金だ。ああ、詳しくは言わぬが、証拠は残ってるのだ」

「隠し金……」

「おまえの仲間は、そのことを以前から知っていた。そこで、おまえを手引きに……」

「もういいです――」

キッパリと虹は言った。そして、諦めの表情を浮かべると、

「結局、永尋書留役の方も同じ町方役人ということですよね。角野忠兵衛さんのことは、以前、誰かから噂に聞いてたのに」

「噂……どんな噂だ」

「〝くらがり〟に落ちた事件でも、丹念に調べ直して必ず助けてくれる。そしても

し、無実の人が罪人にされそうになったら、どんな手立てを使ってでも救ってくれるって。無実の罪を晴らしてくれるって」

虹はさめざめと泣いたが、それすら芝居であろうと、勝馬は見つめていた。

「無実の人間は助けて当たり前だ……だが、おまえは盗賊の仲間なのだ。主人を殺してまで、大金を盗んだ一味のな……永尋の俺たちを利用して、無実をでっち上げようとするなんざ、それこそ恐れ入谷《いりや》の鬼子母神《きしもじん》だ」

「……」

「お奉行の大岡様が、おまえを生かしておくのは、血も涙もない盗賊一味が誰なのかを調べるためだ。正直に話せ……正直に話したら、命だけは助けてやる」

勝馬は身を乗り出すようにして、格子に手をあてがって、

「本当だ。俺はガキの頃から、嘘と尻餅はついたことがないのだ……事と次第によっては、大幅に減刑して、江戸所払い程度にしてもいい……大岡様はその腹づもりだと思うがな」

「……」

「それとも、あくまでも惚れた間夫のために、たったひとつの命を落とすか」

「旦那……」

虹は取り縋るように、格子にかけている勝馬の指先を摑んだ。そして、自分も擦り寄って顔を近づけると、

「こんな調べをしてると、出世できないよ……首を刎《は》ねられるのは、そっちだ」

と勝馬にしか聞こえない声で囁いた。そして、ニタリと笑った。

一瞬、目が丸くなった勝馬を、虹はさらに曰くありげな瞳でじっと見つめ続けた。

「⁉——な、なんだと、おい！」

勝馬は手を放そうとしたが、指を押さえつけられると意外に抜けないものだ。

「放せ、おい！」

気味悪げに、勝馬は表情を歪めて、体を反らして突き放した。

「本性を表しやがったな、女狐めがッ」

「角野の旦那じゃなきゃ、もう本当のことは話しません」

「貴様ッ！」

「人のことを罪人だと決めつけてる同心なんかに、心が開けるもんですか」

「その言い草が、もう認めてるも同然だ。俺は角野さんのように甘くないぞ。あの人は、ろくな手柄なんぞ立てていない。おまえが聞いたという噂も出鱈目《でたらめ》だ。ただの気弱で優柔不断な男だ。あの人を誑《たぶら》かそうとしても無駄だ。よく覚えておけ」

勝馬がたまらず怒鳴りつけると、さすがに鍵役同心も止めに入った。

「ここは牢屋敷なので、他の者たちにも丸聞こえです……必要があれば、詮議所に移して、お願いします」

「——ああ、分かってる。こいつとの話は飽き飽きしたぜ。出直すよ」

「あきあきした……」

「ああ、そうだよ。ずっと、ここで泣き真似をしてろ」

サッと立ち上がる勝馬を見上げて、虹は声をかけた。

「旦那！　角野さんに伝えておくれ……思い出したんだよ……『しないんちゃった』相手だよ……殺し忘れた奴だよ……」

「何の話だ。そんな手には乗らぬぞ」

聞いていないことだと勝馬は思った。どうせ惑わせるために適当に言っているのだろうと取り合わなかった。が、鍵役同心はその時、傍らで聞いていたと説明した。

「一体、誰を殺し忘れたというのだ」

勝馬が訊き返すと、虹はうっすらと謎めいた笑みをまた浮かべて、

「今宵は月が出そうだね。十六夜《いざよい》……欠けていくんだね……だから、早くしないとどんどん細くなって、見えなくなる」

「何を言っているのだ」

「きっと、今夜だわ……雨が降って虹が出る……そしたら、殺されるかもしれない。その前に、助けてあげて。殺されちゃう……うちの主人みたいに。助けてあげて、助けて」

「誰が殺されるというのだ」

「言います、言います。ですから、お願いです。助けてあげて。お願いですッ」

まるで憑依《ひょうい》したように言い始めた虹を、勝馬は気味悪げに見ていた。

頭がおかしくなったふりをしたところで、罪が失《う》せるわけではない。きっと同情を買うために、芝居をしているに違いない。勝馬はそう思わざるを得なかった。

四

その日は夕暮れ頃から、俄雨《にわかあめ》となった。が、土砂降りは一刻ばかり続いただけで、急に雲が流れて十六夜月がぽっかりと浮かんだ。

殺しが見つかったのは、月が出てからすぐのことだった。

日本橋蛎殻町《かきがらちょう》の一角にある『安芸屋《あきや》』という両替商で、周辺にある大店に比べれば間口が小さく、暖簾《のれん》も遠慮がちに出しているように見えた。両替商といっても、質屋同然の金貸し屋が多い場所柄でもある。

その店は、何年か前から空き家になっていたのだが、半年程前に新しい主人が居抜きで買い取り、商いを始めたという。空き家だったから『安芸屋』と洒落《しゃれ》たわけではあるまいが、その伊右衛門《いえもん》という主人が、何者かに斬殺されたのを、たまたま通りかかった二八蕎麦《そば》屋が目の当たりにしたというのだ。

すぐさま駆けつけてきた南町奉行所の定町廻り筆頭同心・篠原恵之介が、一刀のもとに袈裟《けさ》懸《が》けに斬られて殺されている主人の亡骸《なきがら》を検分している。

さっきまでの雨が嘘のように晴れ渡り、月光が煌々と射し込んでくる店の土間で、主人の伊右衛門は哀れにも目をカッと見開いて仰向けに倒れていた。年の頃は、まだ三十そこそこであろうか。

篠原は十手の先で、体のあちこちをまさぐりながら、傍らに控えている岡っ引の銀蔵《ぎんぞう》に声をかけた。銀蔵はそろそろ十手を返上するくらいの、近頃は腰も少々、曲がっているような老いぼれだ。それでも篠原が使っているのは、

——頭が妙に冴えている。

からだ。篠原は自分の手柄のためならば、幼児でも老人でも利用する。まだ役に

立つと思うから、安い手間賃で雇っているのだ。

もっとも銀蔵の方も、生まれもっての御用聞きだと思えるほど、殺しや盗みの場に立ち会いに行くのが大好きで、同心に呼ばれなくても顔を突っ込む性分のようだ。ふだんは、湯屋の二階で、まさしく隠居のように将棋の腕を振るっているのだが、ひとたび御用となれば、曲がった腰を一瞬にして伸ばして、駆けつけるのである。

篠原といえば、いかにも〝切れ者〟という町方同心で、忠兵衛とは対極にある。見かけも黒羽織を着て十手を持っていなければ、やくざ者と見紛うほどの強面《こわもて》である。

だが、剛直な態度や物言いは、腕に覚えのあるならず者でも逃げ出してしまうほどだ。意外にも女には好かれている。飲み屋や茶店の娘たちが近寄ってくるのは、気は優しくて力持ちの上に、意外なことに金払いが良いからである。これもケチ臭い忠兵衛とは正反対だ。ゆえに、女たちは篠原には、巷《ちまた》の色々な情報を提供するのだ。

ひとしきり検分をした頃、女医者が町方中間に案内されて、駆けつけてきた。日本橋茅場町《かやばちょう》で診療所を構えている、八田錦《はったにしき》という「長崎帰り《ながさき》」である。長崎帰りという言葉には、蘭学や外道《しゅじゅつ》も修めた、一流の医者という意味合いがある。近頃は、御殿医も長崎にて西洋医学を学んだ医者が多い。

立派な体軀で、すらりと伸びた長身は並の男よりも高く、浮世絵に出てくるような凜とした涼しい目と流れるような鼻筋、そしてぷっくりとした唇が艶めいている。この八田錦は、〝番所医《ばんしょい》〟として南町奉行所にも出入りしており、事件があるときには検屍《けんし》も担当していた。

「よう、〝はちきん先生〟……夜も遅いのに、すまねえな」

篠原が手を上げると、錦は軽く挨拶をして、

「その〝はちきん〟はやめてくれませんかねえ。言われる方は、あんまり気持ちいいものじゃないんですから」

「いいじゃねえか。豪気な武士が多い土佐《とさ》の高知《こうち》じゃ、男っぽい度胸の据わった女のことを、そう呼ぶらしい。ああ、土佐藩の奴らが話してた。あんたも、金玉が四人分あるほど強い女だから、〝はちきん〟だってな」

次の瞬間、襷《たすき》がけに野袴《のばかま》姿の錦が、いきなり前蹴りをし、篠原の股間に命中した。

「うわっ。痛え……な、なに、しやがる……痛え……」

しゃがみ込む篠原を見下ろしながら、

「すみませんねえ。相当痛いらしいけれど、私には分かりませんので、悪しから

ず」

と言って、すぐに死体検分に当たった。

袈裟懸けによる刀傷以外に目立った外傷はなく、他に探索を混乱させるような細工もなさそうだった。

ゆっくりと立ち上がった篠原は、ぴょんぴょん跳ねながら、

「二八蕎麦屋の親父がよ……ギャッという悲鳴に驚いて、路地から見ていると……いてて……開けっ放しになっていた店の潜り戸から、ひとりの浪人風の侍が逃げるのを見たって……そこで、恐る恐る近づいて見ると……主人が土間に倒れてたってわけだ……はあ、痛え……」

と説明をした。

「夜中に訪ねてきて、店の中に入れたってことは、顔見知りだったってことだわよね。この主人の素性を調べれば、すぐに分かるんじゃないかしら。でも、私もよく、この辺りを診察で廻ってるけど、この『安芸屋』のことは知らなかったなあ」

「先生は検屍だけやりゃいいんだよ。時々、事件に首を突っ込んでるようだが、余計なお世話っていうものだ。痛てて……」

錦がサッと動くと、篠原は思わず後退《あとずさ》りした。

「もう蹴らないわよ、うふ……それより、篠原さんの足下にあるもの、何かしら」

跳ねるようにして見ると、木片のようなものがある。篠原はすぐに拾って見たが、よく分からない。錦がそれを受け取って、側にある下駄など履き物をひっくり返した。

「――篠原様……これは、逃げた浪人者の履き物の欠片《かけら》かもしれませんね。仏様は裸足のままだし、この店のものでもない……あ、そこに止め金具も落ちてる」

錦は土間の隅っこに行って拾いながら、

「この敷居で引っかかったのね。その仏様は奥から必死に逃げてきた。それを追ってきた浪人者が斬ろうとしたけれど、つんのめりそうになった。でも、この土間で追い詰めて、正面に向き直って命乞いする主人を、無慈悲にも斬り捨てた……ってとこかしら」

「だからよ、先生。余計なことは考えるなって。後は、こっちでやる」

「二八蕎麦屋は浪人風って言っただけで、本当は何者か分かりませんよ。でも、この木片と止め金具が下手人の履き物のものだとすれば、意外とすぐに分かるかも……あれ？」

出入り口の敷居と側溝の間にも、何か白い破片があったので拾ってみた。

「何かしら……割れた貝殻みたいだけど」

「そんなもの、溝浚《どぶさら》いすりゃ幾らでも出てくるわい」

「でも、気になりませんか？」

「しつけえな。それ以上、ガチャガチャ言うねえッ」

「あら。しつこく、ねちっこくないと医者なんて務まりません。どんな小さなことも見逃さない気概でやらないと、死ななくていい人も死んでしまいますからね」

「分かった、分かった……もういいよ」

うんざりだとばかりに、篠原が股間に手をあてがったとき、店先に忠兵衛が立った。その後ろには、呆然とした勝馬もいる。

「――篠原さん……」

忠兵衛が声をかけると、篠原より先に、錦の方が駆け寄ってきた。

「ご無沙汰ばかりです、忠兵衛さん。体の具合はどうですか」

「え……」

「右側の腰から背中が、ずっと痛いって言ってたでしょ。もしかして肝の臓が悪いかもしれないから、ちゃんと診てみましょうよ」

「ああ……錦先生か」

「ご挨拶ですね。私は月に何度も、お奉行所に出向いてますけれど、ちっとも顔を見せてくれないから、寂しかったです」

錦は本当に心配そうに、忠兵衛の顔色を見ていた。

「おいおい……おまえら、なんだよ」

篠原が下っ腹を押さえながら出て来ると、いきなり勝馬が「あァッ」と悲痛な声を上げながら、土下座をした。

「申し訳ございません。私のせいです。申し訳ございません、篠原様！」

「違うよ。これは、そこの先生がだな……」

「いいえ、私のせいです。もっと早くお知らせしておけば……かようなことには、ならなかったかもしれません。でも、でも……」

取り乱したように地面に額を叩きつける勝馬を見て、篠原は唖然《あぜん》となった。

「私の方から話しますよ」

軽く頭を下げてから、忠兵衛は話し始めた。

「実は……この店の主人が殺されるかもしれないと、虹が話したそうなんです」

「虹……？」

「あなたが取り調べて女牢に放り込んだ、橋本様の奥方の虹さんですよ。〝くらがり〟に落ちてきたので、吟味方与力の藤堂様からの命令で、調べ直してたところなんです」

女牢の虹を訪ねて聞いた話の大まかなことを伝え、今日も勝馬が調べに行ったことを話した。その際、虹が、

――『安芸屋』の主人が殺されるかもしれない。

と伝えたというのだ。

だが、勝馬はまったく信じないで、忠兵衛にすら報告していなかった。

「虹さんは、盗賊一味のひとりが……言葉遣いから女だろうってことですが……常陸訛りで、『誰かを殺し損ねた』という話をしていたというのです。それで、この勝馬が言った『飽き飽きした』というのを聞いた虹さんは、『安芸屋』という屋号を思い出し、殺される相手かもしれないと、勝馬に伝えたんです」

「どうでもいいけどよ、咎人に〝さん付け〟かよ」

「たしかに、奉行所や辻番に駆け込まなかった落ち度はあるかもしれませんがね、虹が盗賊一味かどうかは、まだ分かりません」

「俺たちの探索が間違ってると？」

「まさか……まだ疑わしいってだけです……ですから、大岡様も裁き切れない」

「余計な詮索はいい。それより、北内……角野の話はまことか」

篠原が問いかけると、勝馬は俯いたままだが、「はい」と答えた。そして、自分が真っ先に駆けつけていたら、此度《こたび》の殺しは起こらなかったかもしれないと自分を責めた。

「――そうとも限らないぜ……」

篠原は慰めるように勝馬の肩を叩いて、立ち上がらせた。

「まるで、虹って女囚が、この伊右衛門殺しを見抜いてた、かのような言い草だが、そいつはどうかな」

「えっ……」

一縷《いちる》の望みを期待するような目で、勝馬は篠原を見上げた。

「偶然にしちゃ、あまりにも出来すぎてるではないか」

「そう言われれば……」

「虹は、今月今夜、十六夜に、安芸屋伊右衛門が殺されるのを予め知っていた。この殺しが何を意味するかは、まだ分からぬ。だが、これも折り込み済みで、虹は捕縛され、牢に入ったのかもしれぬ」

自信たっぷりに腕組みをして、篠原は推察した。

「その方が、理にかなってると思うがな。そうは思わぬか、角野……」

　忠兵衛も首を傾げていたが、

「たしかに、おっしゃるとおりかもしれませんね。何か裏がありそうです」

「だろ……？」

「ですが、本当に偶然だったのかもしれません。そうでない証拠はありませんから」

「ヤケに肩を持つじゃないか。あの女に、金玉を吸われたか……あ、すまん、譬《たと》えが悪かった、すまん」

　篠原はすぐに錦を見て謝った。が、錦は知らん顔をしている。

　忠兵衛は、よく事情が分からないとばかりに首を傾げ、伊右衛門が転がったままの土間に入った。その顔を見るなり、「あれ？」と声を上げた。

「どうした、知ってるのか」

　身を乗り出して篠原が訊くと、忠兵衛はしゃがみ込んで、

「ふうん……そういうことか……」

　と納得したように頷いた。

「なんだ。この男に何かあるのか。言ってみろ」

「あ、いえ。勘違いかもしれませんし……これは、永尋の案件ですから、まずはこちらで調べてみますね。横槍を入れられては、またややこしくなりますから」

「誰が横槍なんぞを！　これは今、起こった殺しだぞ。定町廻りの事件だ。永尋なんぞに頼るものか」

「そうですか。そうですね……では、篠原様もどうぞ探索なすって下さい」

忠兵衛は深々と一礼をすると、勝馬に一緒に来いと命令した。もう起こったことは仕方がない。後は、それをどう処理するかだ——と言わんばかりの目だった。

勝馬も今一度、篠原に深々と頭を下げてから、忠兵衛の後を追った。

「勿体ねえなあ……あれだけの秀才だから、〝くらがり〟なんぞで腐らせるには、不憫《ふびん》だぜ。そうは思わぬか、先生」

隣で聞いていた錦は、

「思いません。篠原様といるより、忠兵衛さんといる方が、いいと思います」

とニコリと笑いながら見送った。

「はっきりと言うじゃないか。角野のことがお気に入りのようだが、どうしてだい。そもそも、あいつのどこがいいのだ」

「さあ、私にも分かりません。おや……？」

錦が空を見上げると、星屑《ほしくず》を包むように、大きな虹が架かっていた。

「忠兵衛さん、ほら、あれ！」

すでに木戸口の方まで離れている忠兵衛に、錦は声をかけて空を指した。耳に届いたのであろう、忠兵衛は思わず空を見上げて、「うわあ」と溜息をついた。つられて、勝馬も首を折って天を仰いだ。

篠原も軒下から飛び出てきて、

「──お、おお……」

と深い感嘆の声を洩《も》らした。

「長崎では、時々、見えたんですよ……月夜の虹……」

思わず錦は、誰にともなく語った。

「切り立った山があるとね、聳《そび》える峰の西側は雨が降っていても、東側は晴れていることが多いんですって……雨が降れば、峰を覆うように霧が広がるでしょ。でも、強い谷風によって吹き上がると霧が晴れて、夜空に月が映えるの……その月明かりによって、峰の上に、虹が浮かび上がるとか……でも、山のない江戸で見えるって、珍しい……」

人殺しがあった夜とは思えないほど、幻想的で華やいだ虹の橋が浮かんでいた。

五

再び忠兵衛が牢屋敷に足を運んだのは、その殺しがあってから、三日後の昼下がりのことであった。

牢内では相変わらず、あちこちで奇声を発する者がいたが、役人たちは大目に見ていた。これが真夜中ならば、周辺の住人が怖がるので、牢から引きずり出して拷問蔵に移される。猿轡《さるぐつわ》を噛まされ、海老《えび》責めなどの折檻を受けることもあった。

忠兵衛が女牢の前に立ったとき、奥にいた虹が這うようにして、格子まで来た。その顔には、痛々しい殴られた痕《あと》があった。

「どうしたんだ、その傷は……」

獄内には厳しい〝身分制度〟があり、牢名主以下、添役、角役《すみやく》、二番役、三番役、本役など十一の役付があって、新入りには挨拶という名の折檻がある。

キメ板という幅一尺五寸、長さ二尺、厚さ三分もの制裁道具が牢内に置かれており、それで死ぬほどの恐怖を味わわせるのだ。口を塞いで何日も全身を叩きつけるが、役人も暗黙の了解だった。それを避けるには、土産として、密かに持ち込んだ金を渡すしかなかった。

女牢も同様のことがあった。虹は上手く立ち廻っていたのであろう、つい先日までは姐貴格だったのだが、激しい私刑を受けたようだった。

理由は、勝馬が尋問しに来たとき、

——盗賊一味と結託して、主人を殺した極悪非道の女だ。

ということが暴露されたからである。

女牢には微罪の者が多い。中には人殺しもいたが、証拠があれば即日、処刑されているから、牢の中にはいない。

虹の場合は、主人が殺されたのを、お上に届けるのが遅れたというだけで死罪となることに、女囚たちは誰もが同情していたのだ。しかも元は遊女だということも、女から見れば可哀想な身の上だった。

にも拘わらず、財産狙いで旗本を誑かして奥方になり、その上、間夫とずっと通じたままで殺したとなれば、百回地獄に堕ちても許されない女だと、同じ女囚たちは思ったのだ。

つまり、勝馬が責め立てたことで、思わぬ悲劇を生んだのだ。

「すまないな……とんだ誤解で、こんな目に遭わせてしまった……今日は、穿鑿所《せんさくじょ》で話を聞こうか」

忠兵衛が同行している鍵役同心を振り返ると、虹の方から、

「ここで、お願い致します」

と哀願した。

「本当に私は何も悪いことはしておりません。ここにいる女囚の人たちは、ちょっとした出来心で、小さな罪を犯した人ばかりです。中には私のように謂《いわ》れのない罪……いいえ、冤罪《えんざい》の人もいると思います」

「だから……？」

「はい。みんなにも本当のことを知って貰いたいのです」

虹の必死の訴えを、奥にいる女囚たちは白々しい顔で見ていた。口には出さないが、どうせ嘘八百に違いないという目つきの女たちばかりであった。

忠兵衛は虹の顔を見つめ、静かに言った。

「俺はおまえを助けに来たわけじゃない。本当のことを知りたいだけだ。仲間がいるのなら、正直に話せよ」

「えっ……角野様まで私を疑っているのですか……」

両肩が沈むのが、忠兵衛は手に取るように分かった。

「事実、『安芸屋』という店の主が殺された。おまえが話した、その夜にだ」

「！……」

明らかに虹は硬直したが、それよりも奥にいる女囚たちの表情が一変した。何かとんでもない女が牢にいるのではないかという、得体の知れない不安が広がったようだった。

「殺されたのは伊右衛門という男だ。知っている奴か」

「いいえ……」

「虹が出る夜に殺されると、予言めいたことを言ったそうだが、その通りになった。偶然にしちゃ、出来すぎてると思うがな」

忠兵衛は、俯き加減の虹の顔を覗き込むように見て、少し強い口調で言った。

「どうなのだ……本当は何もかも知っていて、俺たちを攪乱《かくらん》しているのではないのか」

「――何のためにでしょう……」

「それを訊きたい。牢内は娑婆《しゃば》と高い塀で隔てられているが、何らかの手立てを講じて、外と繋がってるとも言われている」

「……」

「こうして、俺と話すことだってできるのだからな」

揺さぶるように忠兵衛は言ったが、虹は首を横に振って、

「伊右衛門なんて人は知りません。『安芸屋』というのも、賊が口にしたのを思い出しただけです。私は、主人を殺した憎い奴らを、探し出して貰いたいだけです」

虹の態度も強くなったが、半ば諦めているようにも見えた。忠兵衛はじっくりと攻めなければ、本当のことは吐露しないであろうなと感じた。これまでの経験からも、一筋縄ではいかないと改めて思った。

「実はな……」

袖の中から何かを取り出しながら、忠兵衛は詰め寄った。

「俺はこの三日ばかりの間に、おまえの故郷を訪ねてみたよ。なに、土浦までは荒《あら》川《かわ》や利根川《とねがわ》の船便を使ったりしながら、霞ヶ浦《かすみがうら》に出りゃ大したことはない。なかなか風光明媚で、いい所じゃないか」

「私の故郷に……」

意外そうな目になって、虹は忠兵衛を見た。

「あの辺りは霞ヶ浦と田畑ばかりで取り立てて何もないが、おまえの名の由来も分かったよ……虹が凄く綺麗な所らしいな」

「拝むことはできなかったが、地元の者たちに聞いた話じゃ、美しい月夜の虹は、当たり前のように出るらしいな、特に冬場は」

「……」

「ええ……」

「筑波《つくば》の方から吹き下ろしてくる雨風と、海からの生ぬるい風がぶつかった後に、よく見えるとか……ふつう虹は夏場に多いが、秋や冬には〝時雨虹《しぐれにじ》〟ってのもあるぐらいだ。不吉の予兆らしいが、さぞや綺麗だろうな……なに、俺も殺しのあった夜に見たよ」

淡々と話す忠兵衛のことが気になってきたのか、虹の方から問いかけた。

「私の生まれ故郷で、一体、何を調べたのでしょうか」

「色々だよ」

「そりゃ美しいけれど、ただの貧しい村で、ご存じのように、私は口減らしで……」

「苦労したようだな。二親はおまえが子供の頃にはもうこの世にいなかったそうだが、伯母が案じてた。なに、此度の一件のことは伝わっちゃいない。旗本に嫁に入ったことを喜んでいたよ」

「そうですか……その伯母には随分と虐《いじ》められましたから……」

何の感慨もないという口振りで、虹は目を伏せた。今回のことで牢に入っていることがバレたら、「それ見たことか」と言われそうだと、虹は小さく呟いた。

「ほら。──これこれ……」

忠兵衛はようやく袖から出して、掌《てのひら》に載せた白い貝殻《かいがら》を見せた。

扇状に深い筋が入っていて、細工をしたわけでもないのに美しく艶々している。カラス貝とも呼ばれるくらいだから、元は黒っぽいのだが、内側は真珠層があって清らかに白い。捨てられた貝殻は、波打ち際で転がっているうちに、白くなるという。

それを見た虹の目の色が、明らかに変わった。だが、すぐに平静を装って、

「それは……霞ヶ浦で採れる〝たん貝〟じゃありませんか」

と手を伸ばしてきた。

格子越しに、忠兵衛は貝を渡してやったが、わずかに動揺したような表情は見逃さなかった。虹は懐かしそうに握りしめてみせ、

「霞ヶ浦なら何処にでもあって、誰でも採れてましたからね。うちは貧しかったから、毎日のように、これを大根の干したのと一緒に煮物にして……剝《む》き身《み》は大粒で

甘いから、腹持ちもよかったんですよ」

と微笑みながら言った。

「――どうして、これを角野の旦那が？」

「釣りが大好きなもんでね。行ったついでに、ちょいとな……なに、何処へ行くにも大抵、釣り竿《ざお》を持ち歩いてんだ」

「そうでしたか……」

「此度、釣れたのは金鮒《きんぶな》、銀鮒、真鯊《まはぜ》に鯔《ぼら》くらいだったが、いやあ楽しかった。年がら年中、何十種類もの魚が釣れるそうだな。鰻《うなぎ》や公魚《わかさぎ》、鯉《こい》なんかもいるから、食うには困らないだろう、あはは。漁師にご馳走になった白魚のぶっかけは美味《うま》かったなあ」

忠兵衛は竿を投げたり引き上げたり、丼飯を食ったりする真似をしながら、実に楽しそうに話した。

「そしたらよ、砂浜にはこんな貝殻が沢山、落っこちてるじゃないか。吃驚したねえ、もう……淡水の霞ヶ浦と貝なんて、あまり結びつかなかったからよ。ほんと不思議な気持ちだった」

「ええ、珍しいものじゃありません。元々は海だった所ですから」

「そうらしいな。聞けば、あの辺りは相当昔からの貝塚とかがあるらしいな。そこから釣り針なんぞも出てるとか……いやいや、江戸湾もいいが、また行きたくなったわい……その貝も、湖岸から篠竹で釣るらしいが、えらく難しいらしいな」

「はい。けれど、私でもやってましたよ」

「側にはいつも、霞ヶ浦一の〝たん貝〟採りの名人がいたらしいな」

「えっ……」

「おまえの兄貴、佐吉《さきち》のことだよ。兄貴といっても、従兄妹《いとこ》らしいがな……おまえを虐めてた伯母さんの子だ」

「！……」

さすがに、虹の表情は強張った。生まれ故郷まで行ったのだから、それくらい調べても当然であろうが、身の回りをあれこれ探られるのは気持ちの良いものではなかった。

「どうした……？」

忠兵衛は首を傾げて訊いた。

「従兄弟の佐吉にも虐められてたのか？」

「あ、いいえ……伯母とは違って、可愛がってくれました……佐吉さんとは五つくらい離れてましたから……」

「懐かしい名を聞けば、喜ぶと思ったんだが……そんなに吃驚されちゃ、何かあったと勘繰ってしまうではないか」

「いいえ。本当に大事にしてくれました。角野様がお調べになったとおり、腕利きの漁師でしたから……貝だけではなくて、いつも美味《おい》しい魚を……」

思い出して感極まったのか、虹は声を詰まらせて涙ぐんだ。

すると背後の女囚のひとりが、からかうように、

「ほらほら。そうやって、また同情を誘ってらあ。町方の旦那、騙されちゃいけませんよ。根っからの腐れ女郎ですからねえ」

と、わざと大声で言った。

虹はぐっと我慢して、貝殻を握りしめた。

「——その貝殻は、あの辺りの人たちが、お守り代わりに、よく持ってるんだってな……佐吉には会えなかったが、きっと心配してるだろうな、おまえのことを」

「……………」

「旦那……私は本当に……何もしていないです……ここから、出してやっておくんなさいまし……あんまりだ……このままじゃ死ぬに死ねませんよ……佐吉兄ちゃん

にも、一目でいいから会いたい……」

「そうしてやりたいがな……俺の力じゃ、どうしようもないんだ」

忠兵衛が残念そうに首を左右に振ると、女たちがまた小馬鹿にしたように、

「ここで股をおっ広げて拝ませてやれば、旦那も気が変わるんじゃないかい。さあ、やってみなんしょ。やってみなんしょ」

と郭言葉を真似して大笑いした。

すると険しい目で振り返った虹は、思わず「このやろう！」と叫びながら、女囚の方へ向かっていった。女囚たちもすぐに身構えて、殴りかかってくる虹を逆に痛めつけようと、姿が見えなくなるほど取り囲んで、激しく殴る蹴るを始めた。

「ちくしょう、このやろう！　殺してやる！」

「やれるものなら、やってみろ！」

「死ね、このやろう！」

女たち同士ならではの、もみくちゃの大騒動になった。

「おい、こら！　やめんか、おい！」

傍らで見ていた鍵役同心が思わず、格子扉の鍵を開けて中に飛び込んだ。女たちの間に割って入った途端、「アッ」と鍵役同心が声を上げて飛び退いた。手の甲が

切れて鮮血が飛び散った。

すると、虹がひとりの女囚の喉元に貝殻を突きつけて、

「動くんじゃないよ。でないと、こいつを殺すよ」

と言いながら内格子の外に出た。すぐに格子扉を閉めて、いつの間に鍵役同心から奪ったのか、錠前を外から掛けた。

「おい。やめろ、そんなことをしたら……」

忠兵衛が止めようとしたが、虹は女囚の喉に貝殻をあてがったまま、

「近づくな。この間抜け同心が……役立たずのコンコンチキ！」

と悪態をついて女囚を突き飛ばすと、外格子の外に駆け出た。すぐに忠兵衛は追いかけたが、そこで虹に声をかけた。

「そっちは番人がいる。裏手の〝切場〟の方から逃げな」

「えっ……」

意外そうな目になる虹に、忠兵衛は少しそわそわしながらも、

「その貝殻、少しは役に立ったようだな。すまんな、これくらいのことしかできないんだ。早く行け。堀があるが架かってる橋の下なら見つからない、急げ」

と追っ払う仕草をした。そして、改番所から駆けつけてきた牢屋同心たちには、

「あっちへ逃げたぞ！　向こうだ！」

と明後日の方を指しながら、自分も追うふりをした。

振り返ると——虹の姿はもうなかった。

六

その夜、永尋書留役の詰め部屋で、行灯《あんどん》明かりの下、忠兵衛は溜息交じりで、書類を纏めていた。

「後悔の溜息か。廊下まで聞こえるぜ。とんでもねえことを、やらかしたな」

篠原が覗き込んできた。

「わざと逃がしたんじゃねえかって、牢屋敷では専《もっぱ》らの噂だ」

「いや、そんなことは……」

「虹って女には、随分、入れあげてたしよ。もしかしたら、あいつが深川女郎をしてた頃の、客だったのか？」

「冗談はよして下さいよ」

忠兵衛がまた溜息交じりで言うと、篠原は声を荒らげた。

「ばかやろ。冗談じゃすまねんだよ。尋問中に取り逃がしたんだから、蟄居《ちっきょ》や謹慎どころじゃねえ。罷免の上、御家断絶だ」

「申し訳ありません……」

「謝っても遅いんだよ。そもそも、女が鍵役同心を閉じこめても、捕らえようともしなかったそうじゃないか」

「別の女囚の喉元に、貝殻を突きつけてたもので……」

「それも、おまえが〝差し入れた〟ものらしいじゃねえか。バカかッ。しかも、逃げ出した女を追いかけもせずに、番人たちも混乱させたらしいな」

「突然のことで、慌ててしまって……どうも相済みません」

「おまえのやったことは、南町奉行所の汚点だ。お陰で、他の同心たちの仕事も増えてしまったじゃねえか」

はらわたが煮えくり返る声で、篠原は責め立てながらも、部屋を見廻し、

「あいつは、どこだ……北内だよ」

「探してます。逃げた虹を」

「おまえの尻拭いかよ。可哀想にな。で、おまえは、ここでふんぞり返ってるのか」

「いえ……お奉行からお叱りを受けて、ここで待機を……」

恐縮したように忠兵衛が頭を下げると、また腹立たしげに、篠原は声を強めた。

「こっちも大迷惑なんだよッ」

「相済みません……ところで、身許は分かりましたか、『安芸屋』の主人を斬った浪人とおぼしき奴の」

「分かるもんか」

思わず篠原が答えるのに、忠兵衛は重ねて訊いた。

「履き物の破片や止め金具でも、足が付きませんでしたか。錦先生が見つけたのに」

「一々、引き合いに出すな。俺も気付いてたんだよ」

「さようですか。まだ分からないか……でも、破片などは取っておいた方がいいです。後で証拠になるかもですから」

「分かりきったこと言うな。それより、あいつは誰なんだ、あいつは……」

苛々した調子の篠原に、忠兵衛が訊き返そうとすると、

「察してるくせに、わざとじらすな。『安芸屋』の主人だよ。伊右衛門のことだ。おまえ、あいつの顔を見たとき、知ってるふうだったじゃねえか。本当のことを言

え」

「あ、それを訊きたくて来たのですね」

「だから、一々……いいから、正直に言え。誰なんだよ」

「渡り中間でした。伊右衛門というのは、それらしい名前に変えただけで、伊助《いすけ》が本当の名前です」

「どこの中間でえ」

「あれ？　それもまだ調べてなかったのですか。自分で調べるというから、てっきり……あれは、殺された橋本喜左衛門様の中間だった男で、なぜか両替商になってたんです」

「両替商……」

「私も一度だけですが、以前、橋本様の屋敷で見かけたことがあったもので、あのとき、そうかなと思い出したのです」

忠兵衛が言い訳めいて話すと、篠原は小首を傾げて、

「おまえ、行ったことがあるのか、事件の前に橋本様の屋敷に」

「ですから、一度だけ」

「どうして」

「もう一年以上前ですがね、たまたま通りかかったら、凄い女の悲鳴が聞こえたので、門内に入ったのです。いけないと思いつつも、開いたままだったので」

「なんだ、その悲鳴とは……」

「分かりません。ですが、中間に追い出されまして……そのとき、ちょっとばかり悶着《もんちゃく》になったものですから、伊助の顔を覚えてたのです。ええ、名前も橋本様とおぼしき人に、『伊助！　どこだ伊助！』と呼ばれてたのを聞きましたから」

克明に忠兵衛が話すと、篠原は納得するように頷いて、

「女の悲鳴ねえ……橋本様はああ見えて、絶倫だとの噂があったらしいからな」

「それとは違うと思いますが……」

「まあいい。とにかく、主人の橋本様を殺し、事情を知ってると思われる中間の伊助とやらも、口封じに殺された……これだな」

「だと思います」

忠兵衛もすんなり同意した。

「でも、どうして伊助が両替商になれたかは、不思議ですね」

「なぜだ」

「私にもまだ分かりません。下手人はこれからです……ですが、もし篠原様のお手

柄にしたいのであれば、勝馬を追いかけたらよいと思いますよ」

「北内を……どこにおる」

「それは私にも分かりません。逃げた虹を探してますから」

「おまえが逃がしたんだろうがッ」

篠原が怒鳴りつけると、忠兵衛は両耳を塞いで、

「申し訳ありません……でも、手柄の横取りならできると思いますよ」

と意味深長な口振りになった。篠原は訝《いぶか》しげに見ながらも、妙に期待する目つきに変わっていった。

そのとき――クックククック……と鳩の鳴き声が聞こえた。

「おや、帰って来たみたいですね」

「なんだあ……？」

「伝書鳩ですよ。籠に入れて、二羽だけ持たせたんです。居場所を報《しら》せるためにね」

「夜だぞ……」

「鳩は昼夜関係なく飛びますよ。野鳩は、夜目鋭い鷹《たか》などを警戒して、木の茂みなんかに潜んでますけどね。鳩は賢いですよ。なんでも自分で判断しますから」

忠兵衛が障子窓を開けると、一羽の鳩が桟にピョコンと乗った。足には紙縒《こより》が結ばれている。それを解きながら、

「勝馬からです。どうやら、突き止めたみたいですね。幻のような虹を摑むのは大変だと思いますけど、なかなかやりますね」

と窘めるように言った。

「見つかれば、おまえの処分は確実だな」

篠原は紙縒をサッと取り上げて、開いて中を見るのであった。

その頃、勝馬は何処からどう尾けていたのか、江戸市中をあちこち巡り、千住宿《せんじゅ》外れの木賃宿の前に来ていた。

江戸の町方同心が大木戸を抜けて、支配違いの江戸四宿に入るのは躊躇《ためら》われるが、永尋書留役による追捕は特別であった。勝馬は息を潜めるように、薄暗い路地にある木賃宿を見張っていた。

雲が広がり、月明かりも遮られている。

にもかかわらず、木賃宿からは行灯明かりも洩れていない。いかにも息を潜めている様子が窺《うかが》える。

二階の一室には――。

洗い晒《ざら》しの浴衣に着替えた虹が、ふうっと溜息をついていた。

その前には、暗闇の中で酒をちびちび飲んでいる男がいた。総髪髷《まげ》で、日焼けした厳《いか》つい顔をしている。いかにも腕っ節が強そうな、大きな体つきである。

「――ほんと、間抜けな同心がいたもんだよ。私の話にころり……情けをかけてきてさ、終いには逃げるのを助けてくれた」

虹は久しぶりに安堵したように、目の前の男に寄りかかりながら、酒をねだった。

「よしな……」

男は素っ気なく言ったが、酒だけは飲ませてやった。

「そんなんじゃないよ……もうとっくに足を洗ってるしさ……兄《あん》ちゃんにも随分と迷惑をかけたね」

「他人行儀なことは言うなよ」

「でも、ほんと無事でよかった……他の人たちは……？」

「すぐに江戸で別れた。一緒にいると目立つし、どうせ金で雇った連中だ。分け前を持って、何処かにトンズラこいてるだろう」

ぐいっと男は酒を飲んで、虹をまじまじと見つめた。

「それにしても、よく逃げてこられたな」

「うん……霞ヶ浦育ちだから、堀を泳ぐくらい慣れっこだけどさ、塀と土手は難儀した……でも子供の頃の綽名《あだな》は野猿だから……それから裏店で着物を盗んで、ちょっと暗くなるまで、商家の石蔵の裏に潜んでて……あはは。鬼ごっこや隠れん坊もよくしたよね」

「大変なことをやらかしたのに、明るいな」

「兄ちゃんと、こうして会えたからだよ。うふ……だけど、霞ヶ浦には帰らない方がいいかも。角野って同心は訪ねてるからね、私たちの田舎まで」

屈託のない笑顔で虹が言うと、男は俄《にわか》に表情が暗くなった。

「ほら、こんなものまで拾って持ってきてくれてさ……私たちのお守り……ふふ。これで逃げることができた」

少し血の付いたままの貝殻を見せると、男はそれを手にして、声を潜めた。

「――もしかしたら、泳がされたのかもしれんぞ」

「まさか……」

「こんなに上手く、あの牢屋敷から逃げ出せるわけがねえ」

「ええ、そんな……」

虹が窓を開けようとすると、男は腕を摑んで止めた。

「でも、伊助も始末したんでしょ。金で雇った浪人たちが裏切らない限り、もう誰も私たちには辿り着けないよ」

「今夜中に逃げた方が良さそうだな」

男は敢然と言った。状況を見る目や判断力はありそうだ。だが、虹の方が急に憂いを覚えてきた。

「大丈夫だ。何とかしてやる。金は他の所に隠してある。ほとぼりが冷めたら、掘り返しに行くよ。当面の金はあるしな」

「そうじゃないの。私のせいで、兄ちゃんまで捕まらせるわけにはいかない。私が囮《おとり》になる。その間に……」

「バカを言うな。理由はどうであれ、せっかく逃げて来たんじゃねえか。最後の最後まで、俺が面倒見てやるよ」

「兄ちゃん……」

「これは罪滅ぼしだ……俺のおふくろが、あんなに、おまえを虐めたことへのな……」

しみじみと言う男の胸に、虹は体を預けきった。だが、男はそっと肩を抱くだけで、それ以上のことはしない。

「この木賃宿は、その昔、盗《ぬす》っ人《と》宿だったらしいんだ……そこの押し入れの奥に隠し階段があって、裏の川に出られるようになってる。そこには川舟もある。舟の扱いは、おまえも知ってのとおりだ」

男は決意に満ちた顔で、夜が深くなるまで待った。

幸い雲が厚くなり、月明かりはすっかり消えてきた。小雨がぱらついている。これで風が多少強くなれば、万が一、町方が舟で追って来ようと逃げ通せる自信はある。

金以外は何も持たず、隠し階段を下り、木賃宿の裏手にある秘密の船着場に降り立った。川風が強く、カタカタと舳先《へさき》が小さな桟橋に当たっていた。男は、虹を先に川舟に乗せてから舫綱《もやいづな》を外し、櫂《かい》を握った。

足で桟橋を蹴って漕ぎ出そうとしたが、川舟は離れず、反動で揺れた。思わず船《ふな》縁《べり》を摑んで、虹は体を支えた。男は、もう一度、足で蹴ろうとしたが、梶《かじ》に別の綱が絡んでいるのが見えた。

「くそッ。なんだ、こりゃ……」

匕首《あいくち》を抜いて切断しようとしたとき、グイッと船が引っ張られて、桟橋に戻された。船体は激しく傾いて、虹が水面に落ちそうになった。次の瞬間、舳先を踏む人影が現れた。

それは――勝馬であった。

雨がそぼ降る中、単身、桟橋に立っている。

「残念だったな。逃がすわけにはいかないんだよ。観念しやがれ」

「!?――」

男は匕首で斬りかかったが、揺れる舟の上と桟橋では、勝馬の方が有利だった。

「南町奉行所同心、北内勝馬だ。逆らうと、ふたりとも、この場にて斬る！」

勝馬は舳先を踏みながら、刀を抜き払って上段に構えた。だが、その体に向かって、虹は組みついた。

「兄ちゃん、逃げて！」

何の躊躇いもない一瞬の出来事に、勝馬は刀を振り下ろすことができなかった。

次の瞬間、男は梶の綱を切り、翻ると勝馬に向かって匕首を投げつけた。

思わず避《よ》けようとした勝馬に、虹は抱きついたままだった。わずかに川舟が離れた隙間から、「うわっ」と勝馬が川に落ちた。一緒に、虹も落ちてしまった。

「摑まれ、虹！」

思わず手を伸ばす男だが、虹は勝馬にしがみついたまま、

「逃げて、兄ちゃん！　私はもういい！　逃げて、佐吉兄ちゃーん！」

と必死に叫んだ。

それでも手を伸ばす男だが、宿の中や裏手、秘密の階段などから、次々と御用提灯《ちょうちん》が現れた。見廻すと対岸にも、御用提灯が揺れている。近くの川面《かわも》にも、次々と「御用」の文字が浮かぶ提灯が現れた。

溺れそうな勝馬は、「こっちだ、こっちだ」と死に物狂いで叫んでいるが、泡の音だけで声になっていない。

「――もはや、これまでか……」

そう言いながら、男は虹の腕を摑んで、力任せに引き上げるのであった。

七

「佐吉……に相違ないな」

南町奉行所のお白洲に、後ろ手に縛られたまま座らされた佐吉は、素直に頷いて、壇上の大岡越前を見上げた。

険しい風貌、威風堂々とした態度の大岡は、いかにも名奉行らしかった。

佐吉の隣には、疲れ切った顔の虹が座っている。やはり縄で縛られたままで、ふたりの後ろには捕方たちがいて、しっかりと縄を握っている。この光景だけでも、ふつうの人間ならば、震え上がるであろう。

だが、佐吉は意外にも堂々としており、虹も居直ったのか、悲しみの色はまったく帯びていなかった。

お白洲には、篠原恵之介と北内勝馬も立ち会っており、蹲《つくば》い同心の横に座していた。ふたりとも険しい顔つきで、裁きの行方を見守っている。もちろん奉行からの問いかけがあれば、答えなければならない。勝馬の緊張は高まっていた。

「旗本・橋本喜左衛門宅に押し入り、五千両もの大金を盗み出し、その際、橋本を斬り殺して逃げたこと、さよう相違ないな」

大岡が朗々とした声で尋問すると、佐吉は大きく息を吸ってから、

「相違ありません」

と答えた。こちらも明瞭な声だった。

「認めるのだな」

念を押した大岡に、佐吉は素直に頷いた。

「すべてあっしがやったことでございます」

「今、すべてと言ったが、斬り殺したのは、おまえの手によるものか、それとも仲間の仕業か、はっきり述べよ」

「斬ったのはたしかに、金で雇った浪人者ですが、命じたのはあっしです。他の者たちは、浪人者の手下で金を運ぶのを手伝っただけでございます」

「浪人者とは何処の誰だ」

「分かりません。たまたま出会って、上手い話があると声をかけただけです」

「名前もか」

「知りません。あっしも旦那とだけ呼んでおりやした」

「まあよい。いずれ吐かせてやる」

大岡は脅すように言ってから、話の矛先を変えた。神妙な面持ちで応じている佐吉の横顔を、虹はちらりと見た。毅然と正面を見たまま、佐吉は揺るぎのない目をしている。

「反省はしておるか」

意外な問いかけに、佐吉はほんの一瞬、戸惑ったが、

「――反省……はい、しております」

「いや。まったくしておらぬな。その目つき、その態度、腹の中に一物《いちもつ》を含んでおる。この白洲で何百人もの極悪人に対峙してきたのだ。その中でも、おまえはかなりしぶとそうだな」

相手の心を攪乱させるように言った。これも大岡の手練手管である。

「何故、橋本の屋敷を睨んだ。正直に申せ。二百石の下級旗本に過ぎぬ。金を盗むなら、大店に入った方が確かだ。特に両替商のような所にな」

大岡は『安芸屋』のことも含めて問いかける姿勢を見せた。

「橋本様の蔵には、大金があると知ったからです」

「どうやって知った」

「それは……」

わずかに言い淀んだ佐吉を引き継ぐように、大岡自身が虹を見やって話した。

「おまえはかねてより、そこな女、虹……と結託しており、遊女屋の客として通っていた橋本を巧みに籠絡し、身請けさせた上で新造として迎えさせた」

「……」

「虹は屋敷内を三年もかけて丹念に調べ、大金の隠してある場所に、かねてより情の通じていたおまえを押し込ませた……定町廻りと吟味方の調べで、そうあるが、さよう相違ないか」

「へえ。間違いありやせん」

佐吉は毅然と答えた。

「ですが、この女と情が通じていたという件《くだり》は、違います。あっしが押し込んだときにいた女に過ぎません。何の関わりもありやせん。ですから、お解き放ち下さいませ」

「さような戯《ざ》れ言《ごと》は通じぬ。おまえたちは従兄妹同士で、同じ貝殻を……しかも、二枚貝の片方ずつを分けて、お守りとして持ち合うほどの仲ではなかったのか」

大岡は対《つい》の貝殻を懐から出して、お白洲のふたりの前に放り投げた。ふたりの持ち物ではなく、忠兵衛が拾ったものである。

だが、それを見た佐吉と虹の表情が、明らかに変わった。

「佐吉。女を庇いたい気持ちは分からぬでもないが、盗っ人の仲間は仲間。共に獄門にかけられることを覚悟いたせ」

大岡が冷静に断じたとき、黙って聞いていた虹が、縛られた身を前のめりにして、

「違います、お奉行様。全然、違います。これには訳があるのです。佐吉兄ちゃんは、悪くありません！」

と強く申し出た。

だが、佐吉の方は、『もう無駄だ』とばかりに首を横に振った。それでも、虹が今まで見せたことのない鋭い顔つきになったので、大岡は睨み返しながら、

「ならば、申してみよ」

と促した。

「あ、ありがとうございます……」

虹は深々と頭を下げて、言葉を選ぶように懸命に打ち明けた。

「私のうちは貧しくて、二親が流行病《はやりやまい》で亡くなってから、佐吉兄ちゃんの家に預けられました。伯母さん……母親の姉の嫁ぎ先です。伯母さんは厳しい人で、私には辛く当たってました。時には棒で叩かれたり……でも、その頃、漁師をしていた佐吉兄ちゃんは、よくしてくれました。毎日のように一緒に魚釣りをしたり、たん貝を採ったりして遊んでくれました」

大岡も佐吉も黙って聞いている。

「でも、あるとき、佐吉さんは霞ヶ浦の漁じゃ大した金にならないと、土浦の城下に日銭稼ぎに行くことになりました。私は捨てられたと思って、追いかけました。必死に、一生懸命、追いかけました」

虹は、湖沿いの道を去っていく佐吉に、子犬のようにしがみついた。だが、佐吉は仕方がないのだと、虹を押しやって、走り去ってしまった。

「その後……城下で悪い仲間とつるんで、背中に刺青《いれずみ》まで彫って、やくざ紛いのことをしているって噂も聞きました……私には想像もできませんでしたが、伯母さんが本当に泣いていたから、実情は察しました」

「それで、身売りか」

問いかけた大岡に、虹はこくりと頷いて、

「はい。自分の運命《さだめ》を呪いました。でも、貧しくて窮屈な暮らしをしているならば、その方がいいと思いました……初めは、土浦城下の桜川《さくらがわ》近くの遊郭にいましたが、色々な人に身を任せるまま、転々として江戸に流れ……いつしか深川女郎になっていました」

佐吉は唇を噛みしめ、後ろ手に縛られた拳を握りしめている。その姿をチラリと横目で見て、虹は淡々と身の上話を続けた。

「そこで……佐吉兄ちゃんに会ったんです……まあまあ羽振りがよくなってて、客として来たのですが、ふたりとも吃驚……五年ぶりくらいでした……もちろん、昔話に花が咲いただけで、男と女の関係はありません」

「……」

「その頃には、もう私には、橋本様から身請け話も出ていました……その話をしたら、兄ちゃん、凄く喜んでくれて……『良かったな、良かったな』って何度も何度も、手を握りしめてくれた。そして、自分がもっと金持ちなら、こんな苦界《くがい》からすぐにでも出してやれたのにって、言ってくれました」

そこまで話してから、虹は縄に縛られた体を揺すって、

「お奉行様……どうか、私の体を見てみて下さい……胸や背中を一度でいいですから、見てみて下さい」

「なんだと。同心に鞭《むち》打たれて、虚偽のことを白状したとでも言いたいのか」

大岡が一瞬、篠原を見やったが、虹の方が首を振りながら、

「違います、違いますッ。私の体に刻まれた深い傷は……すべて橋本様に叩かれ、殴られ、いたぶられて出来たものなんです」

「――そうなのか……」

「ようやく幸せを摑めたと思ったのに、橋本様は異様でした。私を犬猫、いえ、それ以下の虫けらのように扱いました……その手伝いを、中間の伊助もしていました」

「両替商の『安芸屋』に納まった奴だな」

「はい……この伊助も酷《ひど》い男で、主人がいないとき、蔵に閉じ込められてる私を、どうせ元女郎のくせにと詰《なじ》りながら、何度も手籠めに……いっそのこと、死んだ方がましだと思いました」

余りの傷ましさに、大岡も黙って聞いていた。

「そんなときです……蔵の中に、物凄い大金があるのを知ったのは……伊助がすべて説明してくれました」

「もしや、公金横領の話か」

大岡が訊くと、虹はすぐに頷いて、前のめりになって必死に訴えた。

「そうです。私の頭では詳しくは分かりませんが、なんでもご公儀がイザというときのために蓄えている普請の準備金の中から、数千両もの金をごっそり抜いたとか……もし失くなっても、誰がいつ使ったか分からないし、そのことで勘定奉行が調べることもないからって」

「それで、おまえは、その話を佐吉に話して、盗ませようと画策したのだな」

責め立てるように大岡が言うと、今度は佐吉が「違う」と申し述べた。

「橋本様の屋敷に大金があるのを聞いたのは、そのとおりですが、盗もうと決めたのは、あっし自身です。橋本様が、虹に酷い仕打ちをしているという噂は聞いていたんです」

夜な夜な女の叫ぶ声が聞こえていたと、辻番ですら話していたという。

「だから金を盗んで、虹も助けてトンズラしようと思い立ったんです。だから、虹は何も知らない……あっしたちが押し入ったとき、虹は初めて俺の仕業だと知ったんです」

虹は黙って聞いていた。

「そうだろ、虹……頬被《ほっかぶ》りをしてたけど、分かったはずだ。あのとき、俺は言ったよな。一緒に逃げようって」

「……」

「だが、おまえは来なかった……その日は、たまたま伊助が来てたからだ」

佐吉の話に、大岡は首を傾げた。

「どういうことだ」

「へえ……伊助、こいつは橋本様の悪行を知って、逆に脅してたようなのです。だから、まとまった金を受け取って、『安芸屋』という両替商を営んでいた」

「うむ……そいつが、たまさか屋敷に来ていたというのか」

「その夜も、虹をいたぶるのを、伊助に手伝わせてたようです。あっしたちが踏み込んだときも、屋敷の何処かにいて見ていたはず。だから、虹は……一緒に逃げたら、すぐにあっしの仕業だと疑われる。足が付く」

「……」

「そう思って一晩中、誰にも報せず、屋敷から動かなかったんだと思いやす」

懸命に大岡に伝える佐吉の話に、嘘はなかった。

「だから、後で、伊助も浪人に殺させたのだな。口封じに……」

「それも、あっしの責任です。その場には、いやしたから」

ポトリと貝殻を溝に落としたが、二八蕎麦屋の売り声が聞こえたので、仕方なくその場から急いで逃げたという。

虹は胸を掻《か》き毟《むし》られる思いになったのか、俄に俯いて号泣した。

——自分が牢抜けなどをしたから、佐吉が捕まった。

悔やんでも悔やみきれないでいるのだ。

その虹の気持ちを察したのか、大岡が今度は優しい声をかけた。

「まさか、番所に報せなかっただけで、罪になるとは思うてもみなかったのであろう。だが、法は曲げられぬ」

「曲げられぬが、こっちも少々、手荒い真似をした。牢で正直に話すと思うたが、どうやら信念が固そうなので、角野の奴めは、この大岡に断りもせず、鍵役同心を説得して、一芝居打った」

「うう ッ……」

「!?――」

「おまえを泳がして、佐吉を捕まえた……だが、私の狙いは、橋本殺しよりも、公金の行方と不正な使い道だ。橋本に死なれたのは痛いが、おまえたちの盗んだ金があれば、他の者を責め立てる証拠のひとつにはなろう」

大岡はニンマリと笑うと、佐吉と虹を見下ろして、

「だが、おまえたちの罪は消えぬ。死罪や遠島の重罪は評定所にて詮議するのが決まりゆえな、追って沙汰を申し付く。これまで」

と袴の膝を持ち上げて立ち上がると、背中を向けて奥の襖へ向かった。

その姿に、思わず篠原が声をかけた。

「恐れながら、お奉行。此度の一件、この北内勝馬の大手柄によるものでございます。〝くらがり〟いえ、永尋書留役よりも定町廻りが相応《ふさわ》しいかと存じます。是非に是非に、ご検討を」

大岡は背中を向けたまま、

「――お白洲であるぞ。場所柄を弁《わきま》えろ」

と叱責して立ち去るのであった。

篠原はバツが悪そうに見送ったが、勝馬の方は額を地につけて平伏していた。

日本橋川の河口近くで、永代橋《えいたいばし》を見上げながら、忠兵衛はぼんやりと土手に腰掛けて、釣り竿を投げていた。

糸は緩んでおり、まったく気迫のない竿扱いだった。

「こんな所でも釣れるのですか」

ふいに背後から声がかかった。振り返ると、勝馬が立っていた。

「また奉行所に出てきてないから、町方中間らに訊いたら、おそらくこの辺りだって」

「おう。おまえもやるか」

「釣りなんか、暇人がやるものです」

「おまえだって暇潰しに、数式を解いてるではないか。それよりマシだろ。釣りの方が何も考えない上に、腹の足しになる……海水と淡水が混じってるからな、セイゴが釣れるんだ。天麩羅《てんぷら》にすりゃ美味いぞ」

「どうでもいいです。それより、気にならないのですか」

「何が……」

「あのふたりのことですよ。佐吉と虹……」

「遠島で済んだそうじゃないか。さすがは大岡様と言いたいが、あれだけの事件を起こしておいて、甘い気がするがね」

忠兵衛は心にもないことを言ったが、勝馬は真に受けて、

「意外と冷たいのですね。殺しを担った浪人は捕まって、一応、切腹を選んだとか。他の奴らも芋づるのように捕まり、やはり遠島。終身刑ですからね」

「そうだな……」

「佐吉と虹は、三宅島《みやけじま》だそうですよ」

「そりゃよかった。あの島では、よく見えるらしいからな」

「え？　何がです」

「虹だよ。夜の虹……月夜に架かる夢幻のような虹……夜通し浮かぶときもあるそうな。あのふたりには丁度いいのではないか」

「……そうですかねえ」

「どうせ世知辛い世の中だ。また悪いことが身に起こるくらいなら、極楽みたいな島で暮らすのも悪くはなかろう。元漁師なら尚更《なおさら》だ。浮かぶ瀬もあるだろうよ」

その時、ピクピクッと糸が引いて張り詰めた。忠兵衛は慣れた手つきで合わせて、ぐいっと引き上げると、一尺近いセイゴが釣り針をくわえて跳ねていた。

「もう一周り大きけりゃ、フッコ。さらに大きくなればスズキになる。ま、この辺りでスズキはなかなか釣れないが、いやいや今日は幸先がいい。まだまだいけそうだな」

嬉しそうにセイゴを魚籠《びく》に弧を描きながら入れると、どうやったのか素早い動きで針を外し、すぐさま餌も付けずに竿を水面に向けて投げた。

「餌もつけないのですか……」

「大概の魚は毛針を使ったテンカラ釣りで充分なんだよ。俺くらいの腕になればな」

簡単そうに見えても実は難しいのだが、勝馬にはまったく興味がない。人生に無駄なものだとすら思っている。魚が食いたければ、魚屋から買えばいいと思っていた。

「釣りは釣り。魚屋で買ってくりゃいいってもんじゃねえよ」

「えっ。そんなこと言ってませんよ」

「そんな面《つら》してるぞ」

「あ、もしかして、虹を騙したのも、毛針を生餌《いきえ》に見せかけたのと同じ技法？」

「それこそ関わりない。人の心はもっと複雑で、ややこしい。あ、また来た！」

サッと釣り上げる忠兵衛の姿を見ながら、勝馬は言った。

「此度のことで、ひとつ学んだことがありますよ」

「ほう。さすが聖堂一番」

「〝くらがり〟に落ちたものにも、いや永尋になったからこそ、大物が釣れるかもしれないってことです」

「ああ、なるほど」

「大岡様だって、今般のことで、小普請方与力らの不正をごっそりと引っ張り出して、幕閣からお誉めを戴《いただ》いたとか。私も宝を見つけて、出世の糧にしたいと存じます」

「うむ、それはいい。大いに期待しとるわい。頑張れよ」

口ではそう言いながら、忠兵衛は次々と魚を釣り上げて嬉々としていた。

——役人がこんなのでいいのか……。

勝馬は呆れたように溜息をついて、その場から立ち去ったが、忠兵衛は気にする様子もなく、何かつっかえが取れたかのように、何度も何度も釣り竿を投げては、水面を蝶々のように這わせていた。

遥か遠くの房総《ぼうそう》の山に、うっすらと虹が広がるのに気付くこともなく、忠兵衛はいつまでも海面ばかりを見ていた。

第二話　母子草《ははこぐさ》

一

同じ町奉行所でも、呉服橋《ごふくばし》御門内の北と数寄屋橋《すきやばし》御門内の南では随分と趣が違う。いずれも二千六百坪余りの長屋門構えの屋敷で、『御番所』と呼ばれる威厳があったが、北の奉行所の外観よりも、南の奉行所の方が〝美しく雄大〟との評判だった。

長屋門は本来、城持ち大名のみが許された武家の門である。三千石ほどの旗本職で、江戸町人相手の役所に過ぎないのに、随分と高尚で厳かだった。

大岡越前はかなり粋な趣味人だったらしい。

南町奉行の職に就いたとき、奉行所の建物を自分の好みに造り替えたのだ。御定法に従った黒い渋塗りに白い海鼠《なまこ》塀でありながら、町人が親しみやすいように、柔らかな細めの細工にしたという。

表門から式台にかけて、まっすぐに延びる青板の敷石は広めに取っている。その両側に広がる玄関前一面には、那智黒《なちぐろ》の砂利石を敷き詰めていたから、毎朝、朝露に燦《きら》めいて美しかった。

その通路に沿って、山形に積んだ玄蕃桶《げんばおけ》は常にピカピカに磨かれており、上等な料亭などより清潔感があった。出仕する与力や同心も思わず襟を正すほどだった。

その先にある玄関の構えも屋根を高くして妙な圧迫感を避け、柱も梁《はり》も白い総《そう》檜《ひのき》で、誰の目にも明るい外観にしていた。

——訪ねてくる町人たちが萎縮しないように。

という大岡ならではの配慮だという。

だが、町人が入れるのは〝駆け込み訴え〟の玄関脇の当番所、囚人らが出入りする不浄門、牢部屋、そして、お白洲の控え室〝町人溜まり〟くらいであった。もっとも、奉行所に用事があるのは、よほどのことだから、町人たちは忌み嫌っていた。

その玄関から奥に入った所に、物書所という与力次席、同心、下役などの待機部屋がある。さらに奥に年番方《ねんばんかた》与力や各役職の同心詰所が並んでいた。

年番方というのは退官が迫っている古参の集まりで、いわば〝重役〟だった。町奉行所には三十種類以上の役職があり、それぞれに数人ずつの与力と同心がいる。その人事や総務を担っていたのが年番方だから、機嫌を損ねると出世に響いた。よって、役人たちはここを通るときには、神経を研ぎ澄ましていた。

玄関前から、受付係である中番、物書所、この年番方詰所は、出仕の刻限である四ツ（午前十時）直前には混み合うが、いつもは閑散としている。若手や下っ端の同心は、一刻や半刻ほど早く来ることになっているが、それでも混雑はしない。

だが、今日は旬間《じゅんかん》、つまり十日に一度行われる〝達者伺い〟なので、与力と同心が一斉に、年番方詰所の横手にある診療所に集まっているのだ。

今でいう健康診断である。健康という言葉は明治になってできたのだが、それまでは、〝達者〟とか〝堅固〟と言っていた。

正徳《しょうとく》年間に出された貝原益軒《かいばらえきけん》の『養生訓《ようじょうくん》』が大勢の人々に読まれてからは、〝養生〟という言葉が巷に広まり、「小石川《こいしかわ》養生所」の名称などにも使われた。が、〝養生は健康と言うよりも、人の生き方自体を意味するため、町奉行所では、〝達者〟かどうかを頻繁に検診していたのである。

南北奉行所には、それぞれ与力二十五騎《き》、同心百二十人が勤めていた。

与力を一騎と呼ぶのは、その昔は〝寄騎〟と称され、二百石の旗本に相当するためである。その与力と同心以外に、中番という武士ではないが同心格、雑用係の下番《ばん》、同心に付く中間、捕方などを務める小者《こもの》など、南北奉行所を合わせて千人ほどいた。

ちなみに、御用聞きとか岡っ引、手先などと呼ばれている連中は、同心から個人的に〝手札〟や十手を預かって探索や捕縛の手伝いをする者たちに過ぎない。よって、奉行所に出入りすることは禁じられている。つまり、〝達者伺い〟を受けられないのだ。

それにしても――。

奉行所内の診療所なのに、まるで人気芸者でも来たかのような賑わいである。あちこちで、「押すな押すな」「割り込みやがって狡《ずる》いぞ、こら」「ぶっ飛ばすぞ」などと、町方役人同士とは思えぬ柄の悪い言葉が飛び交っている。

理由は、〝はちきん先生〟こと八田錦が、奉行所勤務の役人たちの健康状態を診に来ているからである。

診断は十日に一度だが、三日に一度は、ここに常在して、病気の相談や怪我の手当てなどもしている。明るくて親切丁寧、でも時に侠気《おとこぎ》ものぞかせる鉄火肌の女医者に、男臭い町方役人たちは、鼻の下を伸ばしっぱなしなのだ。

江戸城内の役所に限らず、町奉行所であっても、奥向き以外は女人禁制である。お白洲や詮議所などには女が来ても仕方がないが、〝番所医〟と呼ばれる町医者たちも、本当は男でなければならない。しかし、

——八田錦は男である。

という大岡越前の無茶なゴリ押しと、お墨付きということで、長崎帰りという有能な錦を使っていた。

しかも、錦絵に出てくるような風貌で、手足もすらりと長く、美剣士のような凛とした態度が、与力や同心の心に響いた。男所帯の町奉行所ならではの、人気者なのだ。

時には、心の病に陥りそうな者にも、適切な助言や治療をする。

与力や同心という仕事は、花形と言われる三廻りだけではない。

日々、役所に出仕する〝内役〟の吟味方を始め、物価調査や商売関係を扱う市中取締諸色掛り、治安警衛や火事場担当の非常掛り、罪人の恩赦や書物をつかさどる御赦掛り、選要編集掛り、判例や刑法を扱う御仕置例繰方、当直や臨時出役を担う番方与力、文書管理の物書同心など多岐にわたる。

さらに町方役人の本分ともいえる〝外役〟には、本所見廻り、町会所掛り、牢屋敷見廻り、養生所見廻り、往還の荷物の検査などをする高積見廻り、町火消を指導する風烈廻り、本所《ほんじょ》深川古銅吹所見廻り、下馬廻り、門前廻りなどがあって、江戸市中の安寧秩序が保たれているのだ。

ゆえに、間違いや失敗が許されない。町人の命や財産に直に関わるからだ。

もし何らかの落ち度があれば、御役御免となり、事態が重く悪化すれば切腹にだってなりかねない。それほど毎日、神経を張り詰めて仕事をしているのだ。

しかも近頃は、町人の方が偉そうになって、

「町方のくせに、ちゃんとやれ」

「てめえら、誰に飯を食わせて貰ってんだ。百姓町人だろうが」

「こちとら江戸っ子でえ。ヘボ役人にバカにされてたまるか」

「御託はいいから、ちゃっちゃと仕事しやがれ」

などと乱暴に罵る者も増えた。

立場としては武士の方が偉いし、斬り捨て御免の特権はあるものの、実際には、無礼だというだけで町人を斬り捨てたためしはない。忠兵衛のように竹光《たけみつ》を差している同心は幾らでもいた。

下手《へた》に刀を抜こうものなら、

「上等でえ。出るとこ出て、白黒ハッキリとつけようじゃねえか」

とすぐに訴え出る者もいる。終いには商売の邪魔をされただの、怪我をして働けないだの、子供が痛く傷ついただのと因縁をつけられて、辞職してしまう情けない同心もいた。

そんな心的な〝達者伺い〟も、奉行所では大切な診療で、錦にとっては腕の振るいどころだったのである。しかし、その状況を利用して、ふたりだけになった錦を口説こうとする強者もいる。

篠原恵之介がそうだった。

「どけどけ。邪魔だ、邪魔だ。こちとら、てめえら内役と違って、命がけなんだ。今日も真っ先に駆けつけなきゃならねえ所がある。どきやがれえ」

当然のように割り込んで、錦の前にデンと座ると、さあ診てくれとばかりに両手を差し出し、舌をベロンと出した。

「順番を守れ……と言いたいけれど、定町廻り筆頭の旦那は特別ですものねえ……はい、あーん……はい、けっこう」

軽く脈を取りながら舌の色合いを診ただけで、三つも数えないうちに終わった。

「先生、おかしいだろ。そんな適当なことでいいのかよ」

「いいんです。篠原様はいたって丈夫。どこも悪いところはありませんよ」

「ふざけんなよ。俺はゆうべ、一睡もしてないんだ。近頃は、〝半もん〟て、どうしようもない奴らがいてな。昨日も町木戸なんぞを、大八車をぶつけてバンバン壊して、大暴れだったんだよ」

〝半もん〟というのは半端者からきている。誉められたものではないが、一端《いっぱし》のヤクザ者は任侠道《にんきょうどう》を叩き込まれて、親分子分の盃《さかずき》を交わして、自分たちが決めた厳しい掟《おきて》を遵守して悪さをしている。

〝筋もん〟というのは、刺青を彫っている途中に痛くて我慢ができなくて、筋だけ残った者のことだ。その〝筋もん〟にもなれないくせに、粋がっているだけの半端者が、〝半もん〟と呼ばれているのだ。

「しかし、こいつらは意外と厄介でな。親分がいるわけじゃないから、やることはメチャクチャだ。まさに筋も通ってなきゃ、筋金も入ってない。ただの頭のおかしな奴らよ」

「――らしいですね……」

「そいつら相手に、こちとら昼夜関わりなく、江戸中を駆けずり廻ってるのだ。もう少し優しくしてくれたっていいだろう、先生」

篠原が手を握り締めると、錦はサッと手首を返して抜き取り、

「夜通し頑張ってたのは、この診察も受けられない岡っ引や下っ引ばかりで、どうせ篠原様は、どこぞの船宿の女将《おかみ》の膝枕で寝てただけでしょうが」

「えっ。どうして、そのことを……」

「そうなんだ。では、今夜も頑張って下さい。はい次の方」

と錦が後ろへ声をかけたとき、遅刻をしてきたのか、どんよりとした雰囲気の忠兵衛が、みんなの前を通り過ぎて奥へ向かった。篠原は振り返りながら、

「あいつは、いつも病気だな」

「いいえ。忠兵衛さんは、あれで丁度いいのです。一病息災といってね、何の病もなく元気な人よりも、ひとつくらい持病があった方が、体に気を配って却《かえ》って、難儀な病に罹《かか》らなくて長生きするんですよ」

「ほんと、〝はちきん先生〟は、あいつには優しいな……」

「それを言わないでって、何度……！」

錦がわずかに体を動かすと、篠原は両手を上げて飛び跳ね、

「分かったよ。蹴るなよ……俺が大怪我をしても、診てくれそうにねえな。おまえ

らも、この女先生にはケツの毛を抜かれないように気をつけておけよ」

と悪態をついて見廻りのために出て行った。

その子供みたいな態度を、他の与力や同心たちは冷ややかに笑っているだけだった。それよりも、錦の前に一刻でも長く座っていたいという役人の多いことが、隅っこで見ていた北内勝馬には理解できなかった。

「――〝半もん〟ねえ……たしかに近頃、洒落《しゃれ》にならないことをしてるが……」

見つけて痛い目に遭わせてやろうという〝魂胆〟が、勝馬の目の奥に燦めいた。

二

日本橋は〝朝千両〟と言われるほど、さすがに立錐《りっすい》の余地もないほど人で溢れている。魚河岸《うおがし》という江戸の台所である。

夜が明ける前から忙しく働いた人々が、一仕事を終えた頃、朝餉《あさげ》を終えた商人たちが表戸を開けて暖簾を出し、いつ客が来てもよいように店を綺麗に整え、それぞれの商いを始める。出商いをする者たちは荷物を背負って、町場に歩き出す。

そういう当たり前の一日の始まりを眺めているだけで、正右衛門《しょうえもん》は心が晴れやかだった。それが雨の日であっても、雪の日であってもだ。

今日は生憎《あいにく》の小雨だったが、風はほとんどなく、人の通りはいつもと変わらなかった。正右衛門は空を見上げて背伸びをした。

「ああ……気持ちいい……」

江戸に店を構えて、かれこれ三年になる。『松前屋《まつまえや》』という漬物問屋の主人である。年の頃は三十路《みそじ》を過ぎているであろうか。だが、気が張っているからか、青年のような若々しさに満ちていた。

「旦那。おはようございます。今日も一日、よろしくお願い致しますよ」

誰からともなく声がかかってくる。笑顔で応える正右衛門は近所の店の主人や奉公人たちともすっかり仲良くなっていた。

江戸といえば「生き馬の目を抜く」と言われるほど、ずうずうしくあくどい所だと思っていた。素早く利を得て、抜け目がなく、油断できない人ばかりが住んでいると、正右衛門は思っていたから、心優しい人たちに救われていた。

——ただひとりを除いては……。

そんなことを思っていたら、当人がひょこたんひょこたんと歩いてきた。足を怪我でもして痛めているのか、いつもぎこちなく歩いている老婆である。

老婆と思っていたが、実はまだ五十をふたつみっつ過ぎたばかりだという。日焼けをした顔は皺《しわ》が深く、化粧っけなど何もない。不機嫌そうに人を睨みつける目つきのせいで、余計に老けて見えた。

ところが、意外とこの界隈《かいわい》の奉公人たちには好かれていた。売り歩いている弁当が美味しかったからである。「辨《そな》えて用に當《あ》てる」というのが弁当の語源だというが、たしかに忙しい商人たちにとっては、毎日のことだから、昼餉を作る手間が省けて便利であった。

この老婆――名は喜瀬《きせ》という上品なものらしいが――嘘か本当かは分からない。本人は、さる大名屋敷で奉公していた頃の名だと言い張っている。

とにかく、喜瀬の作ってくる弁当は、魚の切り身を焼いたもの、小魚の天麩羅、小芋の煮物や漬物を窮屈に押し込んだだけのものだが、芝居小屋の〝幕の内弁当〟みたいだと評判だった。

〝幕の内弁当〟とは、幕間に、役者や裏方が急いで食べるものを称する。弁当を作る業者はいたが、喜瀬はその昔、たまたま〝幕の内弁当〟を見て真似て作って売り歩いたら、そこそこ評判になったのである。

それ以来、二十年余り、商家が並ぶ日本橋界隈をはじめ、河岸の方から八丁堀《はっちょうぼり》の方までほとんど毎日、背負子《しょいこ》にぎっしりと積み込んで売り歩いていた。一日に数十軒も廻って百食は売っているから、稼ぎはかなりあるはずだ。

「こんにちは。雨の中なのに大変だねえ。弁当、ふたつ戴きましょうかね」

正右衛門が声をかけると、喜瀬はチラリと目を向けたが、

「生憎、今日は予約のものだけでね。もし、余ったら持ってきてやるよ」

「そうですか。精が出ますね」

「あんたの店が出来てから、こちとら売り上げが減ったんだ。頑張ってるのは認めてやるけどさ、食い扶持を奪わないでおくれな」

「そんなことないでしょう」

「ふん。余裕だねえ……おたくの店の漬物は美味しい。だから、ご飯さえありゃ、たらふく食える……だってさ。だから、うちらのような、人様のお情けに縋る小商いは、お手上げなんですよ」

喜瀬は恨みがましく言ったが、正右衛門は微笑み返して、

「あ、よかったら、どうぞ。お婆さんの弁当のおかずにも入れてみて下さい」

と袋包みをひとつ渡そうとした。が、喜瀬は首を振って断り、客が待ってると先を急いだ。去り際、

「そんな高級品は割が合わないよ。あたしゃ、魚河岸でおこぼれを貰ってるからさ」

と吐き捨てるように言った。

日本橋の魚河岸では、業者が運んでいる間に地面に落ちた小魚は、野良猫のために捨て置いている。それを待ってましたとばかりに、喜瀬は拾い集めるのだ。猫にやったものだから、誰も文句は言わない。それを持ち帰って、美味い料理に変えるのである。

他にも、切り落とした魚の頭《かしら》や捌《さば》いて捨てた骨なども集めて、煮物の出汁《だし》に使う。当時は、鮪《まぐろ》が入ったとしても、脂身だらけのトロは内臓とともに捨てていたから、それも拾って、コクのある料理に使った。

それほどの腕前があるなら、店のひとつでも出した方が楽だと思うのだが、なぜか弁当売りに拘《こだわ》っているのだ。

「遠慮することないですよ。一度でいいから、食べてみて下さい」

正右衛門は無理に喜瀬の背負子の中に、包みを入れた。

「なんだよ、もう。施しは嫌なんだよ」

喜瀬は迷惑そうに体を振ったが、そのまま片足を引くように歩き去った。

その直後のことである。

急に路地から飛び出してきた数人の若い衆が、乱暴な声を発しながら、突っ走るがままに喜瀬に激突した。あっという間に喜瀬はひっくり返り、背負子の弁当が飛び散った。

若い衆たちは謝るどころか、面白がって弁当を踏みつけながら、

「くそ婆ア、どこに目えつけてんだ。気をつけやがれ」

と暴言を吐いた上に、地面に落ちていない弁当をふたつばかり手にすると、そのまま逃げようとした。

「待ちなさいッ」

正右衛門が思わず声をかけた。若い衆たちはギロリと振り返ると、『待ってました』とばかりに鋭い目つきになった。明らかに言いがかりをつける気である。

「なんだ、おっさん。文句あんのかよ」

「――そういうのは、よろしくない。見てましたが、ぶつかったのは、あんたたちの方だ。謝りなさい」

言い終わらないうちに、ガツンと拳が飛んできて、正右衛門の顔面にめり込んだ。後ろによろめいた正右衛門は必死に踏ん張ったが、その腹や背中を殴る蹴るして倒

し、

「俺たちは、浅草寅五郎《あさくさとらごろう》一家の息がかかってるもんだ。ガタガタ抜かしてると、重《おも》石《し》つけて海に沈めるぞ、こら」

と脅した。

懸命に立ち上がろうとする正右衛門を、さらに若い衆が蹴倒したとき、

「それ以上やると、牢屋敷に閉じこめないといけないぞ」

と声がした。

一斉に若い衆たちが振り返ると、そこには勝馬が立っていた。十手こそ持っていないが、小銀杏で着流しに黒羽織は町方同心だ。

「おまえたちが、〝半もん〟か。下手に浅草寅五郎一家の名前を騙《かた》ると、牢屋敷に入る前に、それこそ海に沈められるぞ。それとも、墓場の土の中の方がいいか」

「うるせえやい!」

人一倍体が大きく威勢のいい兄貴格が、ズイと前に出てきて、勝馬を見下ろした。

「お上やヤクザが怖くて、この渡世を生きてられるかってんだ」

「なんだ、おまえたちの渡世とは」

「うるせえ!」

「バカは、うるせえ、って言葉しか知らぬのか。寺子屋で学び直してこい」

「ふざけるな！」

「もうひとつ知ってたか。ふざけるな……あとひとつ、ぶっ殺すぞ、も言えるか？」

「うるせえ、ふざけやがって、ぶっ殺してやる！」

「ほら、三大〝半もん〟言葉」

からかうように言った勝馬に、兄貴格が殴りかかった。が、正右衛門相手のようにはいかなかった。

勝馬は学問の出来は超一流だが、剣術や柔術の方はいまひとつ不得手だった。とはいえ、毎日の稽古は欠かさず、剣は香取神刀流、柔《やわら》は楊心《ようしん》流の免許皆伝を受けている。楊心流は投げ技よりも、絞め技や固め技、突き技に優れているので、同心の捕縄術にも応用できる実戦的な武術であった。

勝馬は相手の攻撃を躱《かわ》しながら、

「御定書百箇条にはな、〝暴れ者〟という条目があってな、相手に怪我をさせなくても乱暴を働けば、重追放という刑が科せられるのだ。殴って怪我をさせれば、遠島。もし死んだら、おまえも打首だ」

「うるせえ！」

「ほんと、それしか言えないのだな」

勝馬は相手が突き出した腕を掴んで肘を逆に固めて、ゴキッとへし折った。兄貴格は悲鳴を上げたが、

「ちなみに、俺たち同心が怪我をさせても、これは御用の筋ゆえな、罪にはならぬ。さらに逆らってきたら、斬り捨て御免だ」

と言い含めるように勝馬は言った。

その時、喜瀬が体を預けるように、ふたりの間に割って入った。

「や、やめとくれ……乱暴はいけないよ」

「乱暴って……」

「こいつらは、あたしにぶつかっただけじゃないか。ぼうっとしてた、あたしが悪いんだよ。もう勘弁しておやりよ。腕まで折ることなんか、ないじゃないか」

「折ってないよ。関節を外しただけだ。骨接ぎ医者に駆け込めば、すぐ戻るさ」

「でも、もういいだろう。迷惑を被ったあたしがいいってんだから、いいじゃないか」

「あのな、婆さん。こんな輩を放っておくとな、どうせろくなことには……」

勝馬が喜瀬の体を支えている隙に、〝半もん〟たちは、「覚えてやがれ！」と怒鳴りながら突っ走って逃げ去った。

「――あとひとつ、覚えてやがれ、があったか……決まり文句だ」

ぽつりと勝馬が言っている間に、正右衛門とその使用人の丙吉《へいきち》が、散らかった弁当を集めていた。喜瀬は礼を言ったものの、

「それはもう売り物にはならないから、それこそ野良猫か野良犬にでもやっとくれ……作り直してくるよ」

と肩を落として立ち去ろうとした。

その時、漬物の袋包みを拾い上げて、

「これは、ありがたく貰っとくよ。どうせ、売り物にはならないだろうからね」

「ええ、食べてみて下さい。うちの屋号のとおり、〝松前漬け〟ってんです」

正右衛門が声をかけると、喜瀬はなんだかバツが悪そうに軽く頭を下げて、来た道をとぼとぼと帰り始めた。

「助けて文句を言われたのは、初めてだよ……」

勝馬がふて腐れたようにぼやくと、正右衛門は微笑みながら、

「初めて口をききましたよ、あの婆さんと。何度も顔は見てたんですがね」

「ふうん……」

「あ、旦那も如何ですか。うちの松前漬け。いえ、お代は結構です。助けてくれた御礼です。さあ、どうぞどうぞ」

正右衛門は商売っけは忘れない態度で、勝馬を店に招くのであった。

三

白いご飯に松前漬けを載せて、忠兵衛はバクバクたいらげた。

「ひゃあ、うめえ……こんな美味い漬物……これ漬物か？　食ったことない」

満足そうに目を細め、口元に米粒をひっつけながら、深い溜息をついた。食は細い方の忠兵衛だが、三杯もたいらげた。

「ゲップ……はあ、こりゃ、たまらん」

「――そこまで美味いですかねえ」

「おまえはまだ若いから、この滋味深さが分からないのだろうよ」

「私は、魚の卵ってのが、どうも苦手でしてね……」

「ああ、そうかい。俺なんか、釣った魚が子持ちだったら、嬉しくてしょうがない。

そのまま焼いても美味いが、塩漬けや醬油漬けにしたり、酒粕《さけかす》に漬けてもいける
ぜ」
「そこまで好きなのに、この『松前屋』ってのは知らなかったので？　日本橋の外
れですが、そこそこ繁盛してるようでしたよ」
「店の前を通ったことがあるような気はするが、そうかい松前漬けというのか」
「だそうですよ」
「松前って、蝦夷《えぞ》の松前藩の松前か」
「話はちゃんと聞いてませんが、そうだと思いますよ」
「なに。これほどの物を貰っておいて、その由来も聞いてないのか」
　責め立てるように言う忠兵衛に、勝馬の方が呆れ果てて、
「だったら、自分で今度、訊きにいったらよろしいでしょう。たかが漬物のことで、
ここまで興奮するとは、思ってもみませんでしたよ。事件探索のことにも、これく
らい身を入れてくれませんかねえ」
「そうか、松前漬けか、ふはは……松前藩が正式に藩となったのは、この吉宗《よしむね》公の
治世になってからだが、もちろん、それ以前からあるのはある」
　松前藩の始祖は、足利《あしかが》時代の武田信広《たけだのぶひろ》だというが、アイヌとの紛争を機会に、蝦

夷地に渡った和人を束ねることとなった。その後、戦国時代を経て、「松前氏」と名乗るようになり、関ヶ原《せきがはら》の後、徳川家康《とくがわいえやす》が天下統一を果たしてから、慶長《けいちょう》年間に蝦夷地を任され、いわば日本の最北端の藩として成立した。が、寒冷地なので米の収穫ができなかったため、大名の格付けはされなかったのだ。

「はあ、そうですか……」

どうでもいいという反応の勝馬に、忠兵衛はさらに松前漬けを頬張りながら、

「食べ物には、それなりに土地に纏わる古《いにしえ》よりの謂れがある。心して戴くがよい」

「――そんなことより、放っておいてよろしいのですか」

「何をだ」

「ですから、〝半もん〟のような輩をですよ。人の話、聞いてました？」

「うむ。聞いておる、聞いておる」

「篠原様も前々から手を焼いているそうで、困っているのです。いいですか」

勝馬は事細かく説明した。

「あいつら〝半もん〟というのは、恐らく私より若いでしょう。とはいっても、罪一等を減じられる十五歳より小さなガキではありません。ふつうなら商家などに奉

公している年頃です。そいつらが徒党を組んで、ならず者紛いのことを繰り返して、人を困らせているのです。こういう輩を放っておくと、いずれもっと悪い道に入り込み、抜け出せなくなります。今のうちに処罰して、世の中の厳しさを教えねばなりませぬ。何より、江戸の治安によろしくない」

「──だな……」

「それだけですか、感想は」

「いつの世も、そういう悪ガキはいるよ。麻疹《はしか》みたいなもので、そのうち治る。三十路になって、意味もなく暴れ廻る奴は見たことがない。もしいたら、牢獄に入れるまでだ」

「ですから、悪い芽は若いうちに……」

「摘むのは可哀想だろう。捻《ねじ》れた心はいずれ戻り、ふつうの人として成長するだろう」

「その手合いではないのです」

毅然と勝馬は言った。

「本物のならず者よりもタチが悪く、極道としての礼節もないのですよ」

「極道の礼節ってのもなあ……」

「もっと悪い奴らに利用されるかもしれない。そんなガキどもを角野さんは、見捨てるつもりなのですか」

「――おまえ、小さい頃、悪ガキに虐められたか？」

忠兵衛の問いかけに、思わず勝馬は頷いてしまった。だが、すぐに否定し、

「そんなことはどうでもよろしい。とにかく、捨て置いてはなりませぬ」

「分かった分かった。でも、それは永尋書留役の仕事ではない。篠原様たちにお任せしておくのがよかろう」

「まったく……」

チッと舌打ちした勝馬を、忠兵衛はチラリと見て、

「その癖はやめろと言ったであろう。気付かぬところで人に聞かれるぞ。ここは奉行所内だ。お奉行様の耳に入るかもしれぬ」

と丁寧に注意したつもりだが、やはり舌打ちで返された。

「とにかく私は、年寄りをぶっ飛ばして、それで知らん顔する輩は許せない。あの婆さんにも被害の訴えを出して貰う」

「あの婆さん……？」

「――ですから、話を聞いてましたか？　その松前漬け屋の前で……」

「ああそうだったな。弁当屋の喜瀬さんだったな」

「そうですよッ。腹立つなあ……その人を呼んでですねえ……」

「いや。あの人は訴えなんぞしないよ」

忠兵衛が当然のように言うと、勝馬は首を傾げて、その理由を聞いた。

「喜瀬さんはな、その手の悪ガキには金を恵んでやってるくらいだ。どうしようもない人間なんているわけがない。生きてるからには、生かされている意味がある。だから、見捨てないで、少しでも助けたいってな」

「……」

「だから、気にしてないと思うぞ」

「どうして、そんなこと……」

「ふむ……息子に死なれてるからかな……」

さりげなく言う忠兵衛だが、勝馬には少し引っかかった。自分には母親がいない。早くに病で失っていたからである。ゆえに父ひとり子ひとりで育ったから、母親に甘えるということが、あまりなかった。

「息子が先に死んだのですか……親不孝なことですね」

「殺されたのだ……ということだ」

曖昧な忠兵衛の言い草に、ガックリと肩が落ちそうになった勝馬は、理由を問い質《ただ》した。訳は簡単なことだった。

「もう三十年程前……倅《せがれ》が四歳か五歳くらいのとき、神隠しに遭ったんだ。ちょっと目を離した隙に……町方でも随分と捜したみたいだが、結局、見つからず……着ていた着物と履き物、お守りなどだけが見つかった」

「……」

「ぜんぶ脱ぎ捨ててることから、海や川に落ちたことも考えられたが……その頃は、人攫《ひとさら》いも結構いたものだから、喜瀬さんは何度も何度も、奉行所に訴えてきていた。誰かに殺されたとな」

「殺された……」

「着物には血が付いていたし、息子と一緒にいた謎の男も見かけられている。だから、殺されたんだと喚《わめ》いてな……小さな子供が殺される似たような事件も、二、三件続いていたから、喜瀬さんはそう思って、子供を殺した下手人を探してくれと……」

忠兵衛はどうしようもないと首を左右に振りながら、

「俺が奉行所に入る随分、前のことだ。一度、古い書留帳を読んでみたが、結局、永尋に廻ってきたままだ」

「三十年……気が遠くなる長さだ……」

「不惑近い俺からすれば、あっという間だったがな……そんなことより、この松前漬けを仕入れに行くとするか。今日はさして急ぐ御用もないしな」

ぶらりと忠兵衛は奉行所を出ると、八丁堀の組屋敷に帰る途中にある通りを抜けて、『松前屋』を訪ねてみた。松前漬けが欲しかっただけではない。〝半もん〟のことも、別の永尋絡みの事件との繋がりもありそうだと踏んで、忠兵衛なりに調べたいからである。

正右衛門は喜んで迎えてくれた。勝馬が通りかからなかったら、もっと酷い目に遭ったかもしれないと感謝された。

「なに、そのために同心がいるんだ。礼には及びませんよ……それより、戴いた松前漬け、めちゃくちゃ美味かった。あれは、どうやって作るんだい」

忠兵衛の意外な問いかけに、正右衛門は不思議そうな目になった。

「なに、松前藩のことは、あまりよく知らないものでね」

「あ、はい……ご存じかもしれませんが、松前では米の作付けができません。なので、稲作の代わりに、アイヌの人々との交易や漁で暮らしが成り立ってました」

家臣たちも、その権利を得ることで石高に代わる知行地を与えられていたのだ。

知行地は運営をする請負商人に任せ、交易や漁業の上前を運上金として受け取っていた。その交易の大きな物産のひとつが、大量に捕獲できる鰊《にしん》である。アイヌでは古来、タモによる鰊漁が盛んだったのだ。

この鰊は干し物にされ〝俵物〟として、北前船などによって、いりこや干し鮑《あわび》、ふかひれ、煎り海鼠などと同様に、江戸に送られ、さらに清国への交易品として扱われた。

「私の実家は、松前で、そうした俵物を扱う問屋をしているのです」

「へえ、そりゃ立派なものだ。それで、おまえさんは江戸店《だな》を出したのかい」

「そんな大袈裟なものじゃありません。道楽に毛が生えたようなもので、江戸では松前漬けは珍しいだろうから、売れるかなと」

「繁盛してるそうじゃないか」

「いいえ。でも、皆さんのお陰で、なんとか頑張ってます」

正右衛門は商人らしく、謙虚に答えた。

「で……貧しい蝦夷の方では、〝ほっちゃれ〟を食べてたのです……ああ、〝ほっちゃれ〟とは放り捨てるほど、不味《まず》い魚のことです。川に戻ってきて産卵を終えた鮭《さけ》は、色は褪《あ》せるし、脂も落ちて、あまり食えたもんじゃありません……こっちで言えば、ねこまたぎですかな」

「なるほど……」

「ええ。でも、子持ちの鮭は、〝内子鮭《こごもりのさけ》〟といって、古い書物にも残されてるくらい美味しい。鮭の子のはらごは美味しいのに、鰊の子の数の子は、不味い。だから、するめや昆布と一緒に醤油や塩に漬け込んで、食べてるのです」

「なるほど。俺は、どんな魚の卵でも、酒と醤油漬けにして食ってる。なに、相模《さがみ》湾で獲れる鮪の脂身なんかでも、そうするよ。〝だんだら〟とか呼ばれて肥料にされるがよ、もったいないことだ」

忠兵衛は釣りの真似をして、

「川で釣れるウグイだって、ねこまたぎと呼ばれるが、産卵期のは酢漬けにしたのを揚げたり、田楽にすりゃ、美味いもんだぜ」

「あはは。釣りと魚が大好きなんですね」

「この国は川は何処にでもあるし、四方を海に囲まれてるんだ。魚が嫌いだと生きていけないってものじゃないか」

「たしかに、そうですね」

正右衛門は愉快そうに笑って、松前漬けの作り方を話した。

「するめと昆布は、乾燥させてから、細かく千切りにします。数の子も食べられるくらい、小さく切っておいてから、やはり細切りにした生姜や根菜などと混ぜます。酒と醤油、みりんを煮立てて作った汁をじっくりと冷ましてから、具材に唐辛子なんかも混ぜ込んで、数日、雪の下に置いときます」

「雪……」

「ええ。冬場に漬けた方が、なぜか味が染み込んで美味しいですね」

「なるほど。するめと昆布の旨味《うまみ》だったのだな、ありゃ」

忠兵衛は店内を見廻しながら、他の漬物と一緒に松前漬けを買った。それをしみじみと眺めながら、

「でも、なんで数の子っていうのかねえ。沢山、あるからかねえ」

「蝦夷の方では、その昔、鰊のことを〝カド〟と呼んでいたそうですから、〝カドの子〟が数の子になったのでしょう」

「いやあ、これひとつに色々な先人の知恵があるんだなあ」

忠兵衛は深く感心してから、

「ところで、〝半もん〟はしつこいから、気をつけておきなさいよ。腹いせに仕返しにくるかもしれないから」

「それより、弁当屋の婆さんの方が心配です。なんだか足も悪そうだし、何かあったらいけませんからね」

「喜瀬さんだね」

「きせ……っていうのですか」

「そうだよ。ああ見えて、年はまだ五十二、三だ。武家に奉公してたなんて作り話をよくするが、子供を亡くしたのは本当だ」

「子供を……？」

正右衛門が食いつくように振り向いたので、忠兵衛の方が驚いた。

「あ、いや……人の余計なことは言わない方がいいが、神隠しにあって〝くらがり〟に落ちたまま……つまり永尋の事件として解決してないのだ。もう三十年もな……」

「三十年……！」

「だが、ああして気丈に生きてる……子供を見失ったのは、この日本橋辺りらしい。やはり出商いで来ていて、ちょっとした隙にな……もしかしたら、失った子の幻影を今も追い求めているのかもしれぬな」

「――そうですか……そんなことが……」

情け深い目になった正右衛門を、忠兵衛はどこか違和感をもって見ていた。

「角野様……差し支えなければ、もう少し喜瀬さんとやらの話を聞かせて貰えませんか……いえね、松前に残してきたおふくろのことと、少し重なりまして……」

「ああ構わないが、これ以上のことは、大して知らないよ……だが、あまり関わらない方がいい女だと思いますよ」

忠兵衛はそれこそ老婆心のような気持ちで、正右衛門に忠告した。

四

喜瀬が住んでいる長屋は、本湊町《ほんみなとちょう》の一角にあった。

朝市の立つ本船町《ほんふなちょう》の河岸までは少し歩かねばならないが、近くには武家屋敷があるので、なんとなく安心できるというのが理由だった。何より、目の前は佃島《つくだじま》で、毎朝、燦めく海が拝めるというのも、喜瀬の心を和ませていた。

今日も変わることなく、弁当作りの仕込みをしていた。麦を混ぜた米を炊き、焼き魚や煮物、揚げ物などの惣菜を作り、ひとつひとつ折り箱に詰めていく。この二十年、休むこともせず続けてきたことである。

長屋はいわゆる九尺二間《にけん》で、厨《くりや》を入れて三坪ほどしかないが、ひとり暮らしには充分だった。近所の人たちは親切だし、不便を感じたことはない。

開けっ放している表戸の外に、ふいに人影が伸びてきた。

喜瀬が振り向くと、そこに現れたのは、正右衛門だった。

「おや……松前漬けの……」

不思議そうに見やった喜瀬は、手拭いで濡れた手を拭きながら、

「なんで、また、こんな所に……？」

「この前は、ありがとうございました。そのお礼を言いたくて」

「いえ、こっちこそ……松前漬け、とても美味しかったよ。うちの弁当にも入れたいくらいだけど、お高くて到底、無理だわ」

「ぜひ、使って下さい。安くお分けします」

「冗談じゃない。うちは、河岸の拾い物で勝負してるからね……それより、なんだい」

「角野さんに聞いてきました。南町の……」

「ああ、〝くらがり〟のね。あんまり好きじゃないよ、あたしは」

「そうですか？　素朴で、いい人だと思いますけれど」

「その、なんだか、いい人ぶってるところが、また癪《しやく》に障るんだよ」

喜瀬は、そいつの話はいいよとばかりに手を振ったが、正右衛門は断りもなく土間に入ってきて、部屋を見廻した。

「なんだよ……失礼な人だねえ……」

「あ、済みません……ちょっと懐かしいような感じがしたもので……」

「懐かしい？　ふん。からかってるのかい。あんたのような立派な商人には、縁のない裏店《うらだな》だがね。小耳に挟んだけれど、実家は大層な俵物問屋なんだってねえ。俵物といえば、庶民の口には入らない高級なものだ。その息子さんが道楽で江戸店を持ったんだから、本当に羨ましい限りだよ」

皮肉を聞かせるつもりではなかったが、喜瀬なりに誇りがあるのであろう。

「ここには、ずっと住んでるのですか」

「そうだよ。悪いかね」

「いつ頃からですか」

「弁当屋を始めた頃だから、二十年だわね。なんだよ、気持ち悪いねえ」

身の上を調べられているようで、居心地が悪いのか、喜瀬は忙しそうに、調理の続きに取りかかった。

「二十年、ですか……その前は？」

「なんだよ、一体……」

「──さっきから、なんか変な臭いがしますが、これは……」

硫黄《いおう》のような、腐った脂と黴が混じったような特有の臭いだった。正右衛門が訊くと、喜瀬は不愉快な顔になった。

「変な臭いって……こりゃ隠元豆を煮てるだけだよ」

「隠元豆……？」

「あんた、漬物屋のくせに隠元豆も知らないのかい」

「いえ、そうではなく……遠い昔、よく嗅いでいた臭いだなと思って」

「そりゃ豆くらい煮るだろう。どこのうちだってよ。うちは子供が好きだったから、よく煮てたけどよ。将軍様に献上されるような丹波《たんば》の黒豆じゃなくて、安いやつだよ。小豆《あずき》なんかも混ぜ込んでね、水で戻してから、コトコト煮るのにけっこう手間がかかるんだ」

泡立っている大きな鍋の中を、喜瀬はしゃもじで掻き廻しながら、

「甘くて柔らかい豆は、お客さんにも喜ばれるから、必ず隅っこに付けることにしてんのさ。食べ終わったら、お茶請け代わりにもなるしさ……もう少しかかるねえ」

と豆の加減を確かめた。

「――ここに来る前には、何処に住んでたのですか」

また正右衛門が訊くと、喜瀬は「しつこいね」と言いながらも、深川の木場《きば》の方だと言った。そこも目の前が海だったので好きだったと、付け加えてから振り返り、

「それが、どうしたね」

「海……」

「ああ、材木問屋の木材は海水に貯めておいた方が腐らなくていいんだ」

「私も小さい頃、海の近くに住んでいた……ような気がします。波の音があって、潮の香りが漂って、木屑の匂いと混じって、それに煮豆の腐ったような臭い……」

「腐ったようなは余計だよ」

吐き捨てるように言ってから、喜瀬はまた正右衛門を振り向いた。今度は何かを確かめるような目だった。

「あんた……もしかして……」

「はい……」

「深川に住んでたのかね」

「……」

正右衛門は首を横に振って、

「息子さんがいたと聞きました。ええ、角野様からです。亡くなったとか……」

「また余計なことを、あのバカ同心めが」

「事件も永尋になったらしいですね。辛かったでしょうね」

温かいまなざしを向けると、喜瀬はそっぽを向いた。こういうふうに同情されるのが、一番嫌いだったようで、俄に不機嫌な口調になった。だが、追い返すほど、正右衛門のことを拒んではいない。

「——いなくなったんだよ……ちょいと目を離した隙にね」

「いなくなった……」

「まだ、四つになる前だよ」

「四つ……」

「神隠しなんかいるわけがない。人攫いか、人殺しか……とにかく、奉行所に届けて、捜して貰ったけれど……見つからなかった」

喜瀬はゆっくりと、煮豆をもう一掻きした。

「この煮豆をね……天秤棒《てんびんぼう》担いで売り歩いてたんだ。その最中にさ」

「……」

「あの日は、近所で見てくれてる人がいなかったから、宗助《そうすけ》を一緒に連れて日本橋辺りまで出かけたんだけど……連れてかなきゃよかった……ばかなことをしたよ……」

三十年も前のことだが、まるで昨日のことのように、喜瀬は話した。

「宗助……っていうんですか、息子さん」

「ああ。恐れ多くも、将軍吉宗公様の宗って字を勝手に戴いてさ。助は、亭主が勘《かん》助《すけ》っていうから、それで」

「お父っつぁんがいたんですか」

「そりゃ、いるだろ。あたしひとりで産めるわけがないじゃないか」

「え、ああ……」

「亭主は木場で働いてたんだが、稼ぎが悪いくせに酒や博奕《ばくち》ばかりでさ。だから、煮豆を売って少しでも足しにしてたんだよ」

「お父っつぁんも心配してたでしょうね……」

「ああ。でも、宗助って言いながら、死んじまったよ……ろくに子供と遊んでやらなかったくせに。酒のせいだ……宗助がいなくなった三年ほど後にね。父親らしいことのひとつもしてやらずに、おっ死《ち》んだ」

「……」

「あたしもそうだけどね」

ふうっと深い溜息をついて、喜瀬は改めて正右衛門の顔を見やって、

「旦那さんは、年は幾つだね」

「三十三、四になります。多分……」

「多分？　あはは。生まれた干支《えと》も知らないのかい」

からかって笑う喜瀬に、思わず正右衛門は一歩近づいて、

「もしかして、あなた……」

と肩を摑んだ。

「なんだい。この前のことなら、恩義に感じることなんかないよ。あの手の輩は幾らでもいるんだよ。でもね、性根が本当に悪い奴なんか、めったにいないよ。だから、いい大人が相手にすることないんだよ」

「そうではなくて……」

じっと見つめたとき、喜瀬は押し返して、煮豆の鍋の前に立った。

「ほら……煮すぎたじゃないか……これじゃ、運んでる間に崩れちゃうんだよ」

ぶつぶつ文句を言いながら、手拭いを巻いて取っ手を摑んで、懸命に流しに置き

直した。冷ますように少し水を加えて混ぜながら、振り返ると、正右衛門はなぜか涙顔でぼうっと突っ立っていた。

「——どうしたんだい……」

「いいえ……これからは、私のことを、いなくなった息子さんだと思って、いつでも遊びに来て下さい……そうだ。その弁当、うちに置いても構わないし、うちで松前漬けをつけて売ったら、もっと繁盛するかもしれない」

「別に儲《もう》けなくてもいいよ。あたしひとりの食い扶持があればいいから」

「欲がないのですね」

「まさか。煩悩だらけだよ」

苦笑しながら、喜瀬は土間の隅っこの棚から丼を取って、それに煮たばかりの豆を入れた。ほんのり甘い匂いが広がった。

「せっかく来たんだからさ、これ持っていきなよ。なに、松前漬けのお返し」

「でも……」

「いいんだよ、それくらい。意外と美味しいから……豆は体にいいって、神代《かみよ》の昔から言われてるだろ」

「はい。では、ありがたく……」

両手で丼を受け取ったとき、棚の片隅にある丸い壺《つぼ》に、正右衛門は気が付いた。

「あれは？　秘伝の醤油ダレか何か」

「違うよ。小銭をちょいとね、貯めてんだ」

「小銭……」

「万が一……万が一だよ。息子が帰って来たときに、暮らしの足しにできればって」

正右衛門は感心したように頷くと、深々と礼をして、長屋から出ていった。表から振り返った正右衛門は、もう一度、

「いつでも立ち寄って下さいよ。息子の店だとでも思って」

と頭を下げて、立ち去るのだった。

喜瀬は見送った後、急いで弁当を詰めながら、

「なんだよ……息子なら手伝えよ」

と呟きながらも、嬉し涙を流すのであった。

五

数日後、喜瀬はいつものように、弁当の入った背負子で曲がった体に鞭打つように、日本橋界隈の商家を廻っていた。

全部売り切れて嬉しくなった喜瀬は、大福餅を買って、『松前屋』の近くまでやってきた。脳裏の片隅で、息子の宗助が大好きで頬張っていたのを思い出していた。

「──息子の店だとでも思って……か」

喜瀬は足取りも軽く『松前屋』に駆け寄ろうとしたとき、暖簾を分けて、ひとりの上品そうなお内儀風の女が出てきた。

年の頃は、喜瀬と同じくらいであろうか。だが、身につけている着物や羽織はどう見ても正絹の、庶民には着られなさそうな上物だった。ふくよかで、にこやかな顔だちが、貧相な喜瀬とは正反対だった。

「いいから、いいから。田舎者扱いしないでおくれよ」

店を振り返りながら手をちょんと出すお内儀風の仕草が、美しくて品がある。

追って出てきたのは、正右衛門だった。

「待って下さい、おふくろ……勝手にあちこち行って迷子になられたら困りますよ。落ち着いて仕事ができないじゃありませんか、まったく」

「迷子になんか、なりませんよ」

「江戸見物なら、明日一緒に行きますから。今日はちょいと用があって……」

「分かってますよ。その辺をぷらぷらと」

仕方がないなと正右衛門は溜息をついて、手代を付き添わせた。

「本当に、正吉《しょうきち》ったら、小さなときから、心配性で困ったもんです。それでよく、江戸なんかに出てこられたもんだねえ」

おふくろと呼ばれた初老の女は、正右衛門の着物の襟を少し直してやりながら、

「正吉って呼んじゃいけませんね。これでも一端の主人のつもりなんだから……ねえ、松前屋正右衛門様、あはは」

からかって煽《おだ》てた。そして、気儘《きまま》に大通りに向かって歩き出した。丁度、喜瀬が立っている角の方に来ている。

とっさに、喜瀬は木戸番に飛び込んだ。正右衛門に見られたくなかったからだ。

「何が、息子の店だとでも思って……だよ」

吐き捨てた喜瀬に、

「——どうしたんだい、弁当屋の婆さんや」

木戸番の番人から声がかかった。

「あ、いえ、なんでもないよ……ああ、この大福、食べとくれ。いつもご苦労様」

大福の入った包みを木戸番の番人に押しつけると、喜瀬はその場から立ち去ろうとした。そのとき、丁度、斜向《はす》かいの自身番から出てきた忠兵衛が手招きした。

「あたし……？　何もしてませんよ」

「いいから、いいから」

嫌がる喜瀬を、忠兵衛は半ば無理矢理、自身番ではあんまりなので、近くの茶店に連れ込んだ。そこで、忠兵衛は大福と濃い茶を頼んで、にこりと笑った。

「せっかく、正右衛門と食べようと思ってたのにな……見てたんだよ」

「もう……なんですか、嫌らしい」

「この前、正右衛門さんからも、おまえさんのこと、あれこれ訊かれたのでな。こっちも色々と調べてみたんだ。一応、〝くらがり〟に落ちた事件だしね」

「——もう、いいですよ」

ひねくれたように、喜瀬は横を向いた。

「いなくなって、三十年か……」

忠兵衛がしみじみと言うと、つられたように喜瀬は溜息をついた。

「今、考えれば、殺されたんだと思いたかっただけなのかも……何処かで生きているより、いっそのこと……その方が気持ちの整理がつく……でも、やっぱり何処かで生きてて欲しい。そう思うのが、当たり前だわさ」

「確かめに行ったんじゃないのか、正右衛門は」

「え……？」

「おまえさんのことを、自分の生みの親じゃないかと知りたくて、長屋に訪ねると正右衛門は言ってたがな」

意外な忠兵衛の言葉に、喜瀬は戸惑いの表情を見せた。いつもシャキシャキしている喜瀬だが、俄に落ち込んだ顔になった。

「――あたしもさ、ほんの一瞬、もしかして……なんて思ったけど……」

「思ったけど……」

「まさかさ……それに……あんな綺麗で上品な、おふくろさんがいるんじゃやね……」

「俺の話を聞いてたかい？　正右衛門は産んでくれた母親に会いたがってるんだ」

「……………」

喜瀬は不思議そうな目で、忠兵衛を見ながら、運ばれてきた大福餅を手にした。

「これが大好きでねえ、宗助は……でも、なかなか買えないから、煮豆で我慢させてさ……でも、美味しそうに食ってた」

「今でも、大福餅は好物らしいぜ」

「え、そうなのかい……どうして、角野の旦那が、そんなことを」

また怪訝《けげん》な目になる喜瀬に、忠兵衛は自分も大福餅を齧《かじ》りながら、

「正右衛門のおふくろさんは、八重《やえ》さんといってね、一昨日《おととい》、江戸に来たらしいんだ。そのことを聞いて、俺は〝仕事〟として、訪ねてみたんだ。三十年前に永尋になった、おまえさんの息子のことでな」

と語り始めた。

「——三十年前、八重さんは松前の湊《みなと》にいた、迷子を見つけたそうだ。ああ、蝦夷の松前だ……湊の真ん前に、正右衛門の実家、俵物問屋『北海屋《ほっかいや》』があるそうだ」

「松前……蝦夷……」

「四歳くらいの子で、何処から来たかも分からず、泣いてばかりで、名前を訊いても『しょーちゃん』としか言わない。お父っつぁんの名前は、おとう、おっ母さん

の名前も、おっかあ、としか言えない。二親の名もまだ分からない年頃だったんだ」

「……」

「家はどんな所にあったと訊いても、海の近くとしか分からない。海なんて、松前辺りに限らず、この国の何処にでもある」

忠兵衛はじっと喜瀬の顔を見ながら、続けた。

「役人や湊で働いていた人たちが調べても、さっぱり分からないから、とりあえず八重さんと旦那の吉兵衛《きちべえ》さんが預かることになったが……実はふたりは、その二年程前に、息子をひとり流行病で亡くしてた。父親も生まれつき病がちだったらしいが、息子はいとも簡単に亡くなってしまった」

「可哀想に……」

「だから、自分たちの子として、育てようと決心したんだ。もちろん、本当の親が現れたら、ちゃんと返すつもりでね。だから、名前も、『しょーちゃん』というから、正吉にして、商家の跡取りにするつもりで、礼儀から読み書き算盤まで、きちんと教え育てた」

「ええ、いい若旦那だ……」

忠兵衛は大福餅の残りを頬張って、飲み込んでから、

「——美味いな、これ……喜瀬さんも食べな……でな、正吉を預かって半年ぐらいしたとき、『船で来た。色んな所に行った。こんな島を見た』とか話し出したんだとか……拙いけれど、絵みたいなのを描きながら、船底から見ていた……とね」

「船底……？」

「夢か幻かは分からない。けど、もしかしたら、正吉は何処かの湊で、船に乗ってしまい、それで紛れ込んだのではないか。あるいは、船荷にでも隠れていて、そのまま船に載せられたのではないか」

「まさか……」

「いや。子供が遊んでいる最中に、艀《はしけ》に乗ってしまうことは、たまにあることだ。少し大きな子になれば、自分から遠くに行こうと船に乗り込むこともあるんだ……三十年前、永尋書留役でも、回船などを調べたみたいだがな」

「それで……正吉、いえ、正右衛門さんは、何処から……」

顔を突き出すようにして訊く喜瀬に、忠兵衛は首を横に振って、

「色々な船乗りに訊いたけれど、松前では結局、分からずじまいだった。でもな……」

と慎重な口振りになった。

「おまえさんの三十年前の届け出を、引っ張り出して見てみると……幾つか、子供のことを記してあった。背丈や体つき、人相、手足の特徴、言葉遣いの癖、好きな食べ物や知能の程度なども な」

「ええ。奉行所では、何度も話しましたから……」

「腰の上から、背中にかけて、大人の掌くらいの青痣《あおあざ》があったらしいな」

「生まれつきでね。赤ん坊のときだけで消えると思ったら、二つになっても三つになっても広がるばかりで……」

「それと同じ痣が、この子にはあったんだ。八重さんはそう言った」

忠兵衛が伝えると、喜瀬は何と答えてよいか分からない表情になって、唇を噛みしめた。そして、震える手で大福餅を握っていたが、そっと皿に戻した。

「では、やはり……あの正右衛門さんは、あたしの……」

言葉にするのが怖いかのように、喜瀬は飲み込んだ。でも、首を横に振りながら、

「嘘です。名前も……」

と言いかけてハッとなった。

「宗助は、自分のことを、〝そうちゃん〟と言えずに、〝しょうちゃん〟と言ってた

……そうだ……それがおかしくて、みんな笑ったりしてた……そうか、そうだったんだね……」

喜瀬は気を取り直して、忠兵衛を見つめ返して、

「たしかに、正右衛門さんはあたしに何か言いたそうにしてた。でも、やめた……きっと、こんな小汚い、見窄《みすぼ》らしい母親とは思ってなかったはず……あの子の心の中では、もっと綺麗で優しいおっ母さんだと……思ってたに違いない」

「……」

「だから、名乗るのをやめたんだ……あんなに上品な母親がいるんだから、あたしのことなんか、きっともう……」

惨めなほど背中を丸める喜瀬に、忠兵衛は慰めを言うつもりはなかった。だが、状況から見て、九分九厘《くぶくりん》間違いはあるまい。幼かった正右衛門は、母親が煮豆を売り歩いている間に、水浴びでもしようと船着場で堀川に入り、その勢いのまま艀の荷物に交じってしまったのかもしれない。

「これは俺の想像じゃないんだ……正右衛門は、うっすらと覚えてるんだとか……小舟に乗ってたら眠くなってしまって……でも、目が覚めたら大きな荷物の間に挟まってて、船底にいると気付いたって」

「……」

「だが、まだ小さいから、どうしようもなかったんだろうな。松前に着いたときに、湊に迷い出たのかもしれない」

忠兵衛はそう言ってから、一度、じっくり会って話したらいいと勧めた。だが、喜瀬は少し考えてから断った。

「いいんですよ、旦那……あたしは別に名乗り出なくていい。息子が、生きてくれていただけで、御の字だ……三十年の歳月を埋めることなんて、あたしにはできないよ」

「そう言わずに……」

「たまに、遠くで見ているだけでいいよ。無事に生きて、幸せでいてくれれば……それだけで、いい……」

喜瀬は決心した顔つきになって、

「だから、角野の旦那。正右衛門さんに、余計なことは言わないでおくれよ」

「……」

「いいね。余計なお節介は、絶対にだめだよ」

キッパリと断言すると、喜瀬は茶も飲まないまま立ち上がって、

「ここは、ご馳走になっておくよ」

と、いつものような口調で背中を向け、店から出ていった。

忠兵衛は茶を啜《すす》りながら、ぽつりと呟いた。

「——素直じゃないねえ……」

六

その夜、『松前屋』の奥の一室では、正右衛門と八重が親子水入らずで、近所の店から取り寄せた鰻重を食べていた。

「松前を出てから三年振り……会えて、元気そうで本当によかった……」

「突然ですから、本当に驚きましたよ」

「そりゃ親ですからね、心配です」

「いつまでも不肖息子で、相済みません」

冗談を言って笑って、

「江戸の鰻は格別でしょ。松前でも滋養強壮に食べますがね、この柔らかく蒸して、濃いめのタレがたまらないでしょ。私はいっぺんで大好きになりました。松前漬けに、少し混ぜたりもしてますよ」

と嬉しそうに頬張る正右衛門を、八重は微笑みながら見ている。

「そうかしら、私にはベタベタした感じで、どうもね」

「これがいいのではないですか。しかもね、江戸では、男が女に『鰻を一緒に食べよう』って誘うことは、胸の内を打ち明けるってことらしいですよ。嘘か本当か」

「あら、すっかり江戸かぶれね。おまえには、そういう人、いないの？」

「いません。忙しいですから」

「早く孫の顔を見て、安心したいわ。店をずっとやるなら、お母さん探しより、お嫁さん探しよね」

何気なく言った八重だが、正右衛門の表情が俄に暗くなった。

「――おっ母さん……知ってたのですか」

「江戸に店を出すと言い始めた頃から、そうじゃないかと思ってましたよ」

「そうでしたか……」

「目星はついたようですね」

「え……？」

「角野さんという奉行所のお役人に、昨日、話を聞かれて……お母さんも随分と苦労されたみたいね」

「まだ、本人かどうかは分かりません」

「私は、その人だと思うわ。まだ会ってないけれど……角野さんの話と照らし合わせると、そんな気がする」

八重は母親の直感とばかりに言った。

「きちんと名乗って出てみたらどう？　おまえ、小さい頃、『おっかあ』って寝言で泣いてたわよ。もちろん、私のことじゃなくてね……向こう様だって、喜ぶわ」

「……………」

「何か、ためらう理由があるの？　私たちへの遠慮ならいいのよ。そうやって、すぐ人の気持ちをおもんぱかるから……」

優しい目で、八重は正右衛門を見つめている。

「ずっと江戸にいたって、いいんだから。おまえの人生だからね」

「おっ母さん……」

箸を置いて、正右衛門は真顔を向け、

「お父っつぁんに何かあったのですか……ずっと気になってたのです。病がちなのに、私が勝手に江戸に出てきたから」

「大丈夫よ。店は相変わらずの繁盛。番頭の平《へい》さんや手代たちがみんな、頑張ってくれてますよ。ま、ゆくゆくは、おまえにやって貰いたいのは本音だけど」

「そうじゃなくて……いつも一緒でおしどり夫婦なのに、おっ母さんだけが来るなんて……本当は大変なことになってるんじゃ」

「だから、そうやって相手の気持ちばかり、気にするんじゃありません」

「親のことです。心配して当たり前です。それに私は……」

わずかに言い淀んだ正右衛門は、言葉を選ぶように少しためらったが、

「何ひとつ、恩を返しておりません」

「ばかね。親への恩返しは、自分の子供にするものよ」

「――帰ります、松前に」

「ええ？」

「本当は迎えに来たのでしょ。でも、生みの親がいると分かって、おっ母さんは遠慮して言い出しかねた」

「だから、考えすぎだってば」

正右衛門は首を振って、

「仮に、あの人が……喜瀬さんという弁当屋さんですが……産んでくれたおふくろ

だとしても、一目会えたからそれでいい。名乗り出れば、あの人も苦しむ気がする」

と八重の顔をまじまじと見た。

「私に遠慮はいらないわよ。だって、当たり前じゃない。生みの母親に会いたいのは」

「でもね、不思議なことに……生みの母親に会いたいと思えば思うほど、育ててくれたおっ母さんとお父っつぁんの顔が浮かぶんだ……人として生きるために、色々なことを教えてくれた。沢山の思い出も作ってくれた。自分たちの子として育ててくれた」

「……」

「だから、私はやはり、吉兵衛と八重の息子なんです」

「そうよ。おまえは、私たちの大切なひとり息子。だからこそ、本当のお母さんに会わせてあげたいのです。これは、お父っつぁんの願いでもあるのですからね」

「本当の親は、目の前のおっ母さんたちです……」

正右衛門は憂いを込めた目で言ってから、

「それより、お父っつぁんのことを教えて下さい。私が松前を出る前も、大層、しんどそうだった……本当は大変なんですよね」

「………」

「私に帰ってきて欲しい。そのために、江戸に来たのですよね。物見遊山じゃないですよね。そうなんでしょ」

迫るように言う正右衛門に、八重は深い溜息をついてから、

「おまえには、隠せませんね」

「様子は悪いのですか」

「医者に言われました……もって三月だろうって……」

覚悟を決めたように八重が話すと、あまりの衝撃を受けた正右衛門は、今にも全身が崩れてしまいそうだった。

「そ、そんな……」

「お父っつぁんも自分の体のことは、よく知ってます。だから却って、おまえに心配かけたくないと……」

申し訳なさそうな顔になる八重に、正右衛門は「他人行儀なことを言うな」と返し、

「明日にでも江戸を発つよ」

「待ちなさい。そんなことしたら、おっ母さんが叱られるよ。おっ母さんは、おまえが江戸で一端の商人になるのを……」

「いや。江戸で松前漬けだけで勝負するのは無理だ。今更ながら、よく分かったよ」

「諦めるのかい」

「おっ母さんが分かってたとおり、私は生みの母親を探すために、店を出した。そんな性根じゃ商いはできない。もう一度、お父っつぁんに鍛え直して貰いたいんだ」

「正右衛門……」

「遠廻りしたけれど、ちゃんとお父っつぁんに『北海屋』を任せて欲しいと頼みたいんだ」

「――そこまで言ってくれるなら……」

八重の心も揺らいだとき、すぐ近くで、カンカン、カンカンと半鐘が激しく鳴り始めた。町内の自身番からに違いない。

正右衛門は思わず立ち上がった。この辺りは町火消の「一番組い組」の縄張りだから、すぐに駆けつけてくるに違いないが、その前に天水桶の水をかけるとか、竜吐水《りゅうどすい》を引くために水路の蓋を開けるなど、町内の者たちができるだけ手伝うことになっている。

すぐに潜り戸を開けて表に飛び出すと、目の前にはもう煙が広がっていて、店の丁度、裏手にある長屋から炎が上がっていた。

まだ宵の口である。わいわいと野次馬も集まってきた中に、いつぞやの〝半もん〟仲間の兄貴格がいた。体が一際大きくて、正右衛門を殴り飛ばした兄貴格だ。

とっさに、

「待て。おい！」

と正右衛門は声をかけた。悪戯《いたずら》で付け火でもしたのだろうと思ったのだ。そいつらは、小さな油桶を手にしていたからだ。

「おまえらが、やったのか！」

「また、てめえかよ。うるせえんだよッ」

他にも〝半もん〟たちが数人いて、逃げようとするのを正右衛門は追いかけた。

「こら、待て！　なんてことをするんだ！」

すると、〝半もん〟たちは逆上したように踵《きびす》を返し、匕首を抜き払いながら戻ってきて、正右衛門を刺そうとした。かろうじて避けたものの、羽交い締めにされた。

「顔を見られたからには、死んで貰うよ。余計なお節介をするからだ」

と兄貴格が匕首を腹に突き立てようとしたとき、「うわっ！」と悲鳴を上げながら、仰《の》け反《ぞ》って地面に倒れた。

そこには、篠原が立っており、

「すまん。手元が狂った」

と苦笑しながら、他の〝半もん〟たちに血の付いた刀の切っ先を向けた。

「な、なんだ……！」

「大丈夫だよ。死んじゃいねえよ。ま、どうせ火炙《ひあぶ》りの刑だろうがな」

篠原がワッと向かって斬りかかると、〝半もん〟たちは必死に逃げ出した。だが、その先には岡っ引の銀蔵が老体に鞭打つように立っており、十手を向けた。他にも捕方が数人、刃向かう奴には容赦をしないという構えで取り囲んだ。

銀蔵は嗄《しわが》れ声《ごえ》ながら、険しい口調で、

「バカな真似をしやがって。おまえたちに代わって、生かせてやりたい若いのは、幾らでもいたのによ。病や事故で死んじまった。この罰当たりめが」

と説教じみて言うと、〝半もん〟のひとりが躍りかかった。が、銀蔵はひょいとかわしながら十手で相手の頭を打ちつけた。一斉に捕方たちが取り押さえにかかり、篠原も鬼の形相になった。

その時――。

屋根が吹き飛ぶような音がして、炎が燃え上がった。その長屋から逃げてくる人々の中に、悲鳴を上げている女がいる。

「誰か！　誰か、助けて！」

こけつまろびつ必死に縋る女に、正右衛門が近づくと、顔見知りだった。

「まだ、中に、うちの子が……！」

叫びながら女は舞い戻ろうとしたが、それを止めた正右衛門は、

「みっちゃんだね。私が行くから、離れてなさい」

と押しやった。

正右衛門は近くの手水桶の水を頭から被ると、人の流れとは反対の、炎が広がる長屋の方へ突っ走っていった。あっという間に炎と煙の中に子供の名前を呼びながら消えた。

その様子を遠目に見ていた八重は、「正右衛門！」と叫びながら追いかけた。だが、どんどん出てくる裏長屋の人々の波に押されて、八重は転がってしまった。

その肩をそっと支える手があった。八重が振り向くと――喜瀬だった。

「『松前屋』のご主人さんのお母さんですね」

「え、ええ……」

八重はそんなことよりも、正右衛門のことが心配で、

「中に……火の中に、正右衛門が飛び込んでいったんです……ああ！」

「ええ⁉ そりゃ、えらいことだ！」

喜瀬もまた考えるより先に、炎が広がる長屋の方に駆け出していた。

炎と煙が入り混じる中に、子供の名を呼びながら右往左往している正右衛門らしき男の姿が微かに見える。

「——そ、宗助……⁉」

だが、一瞬のことで、その姿はまた熱い炎の波に消えてしまった。

「宗助！ ああ、宗助え！」

頭がおかしくなったように、手足をばたつかせながら、喜瀬は炎の中に飛び込んでいった。メリメリと激しい音がして、隣の商家の壁が崩れてきた。

「危ねえ！」

横合いから飛び出てきた町火消の若い衆が、喜瀬を抱きとめて、

「弁当屋の婆さんじゃねえか。こんな所でなにしてんだ。こっちだ、こっち！」

引きずるようにして炎や煙から遠ざけた。

「あぁッ……子供がいるんだ！　中には子供がいるんだよ！」

「分かってるよ。今、助けにいってる」

「早く助けておくれ！　死んでしまうよオ！」

金切り声の喜瀬の悲鳴は、猛然と立ちのぼる炎を吹き飛ばすほどだった。だが、無情にも柱が傾いて長屋の天井が落ち、巻き上がった煙で、正右衛門の姿もまったく見えなくなってしまった。

町火消たちの切羽詰まった掛け声だけが、赤くなった空の下で響いていた。

七

火事は意外にも延焼が酷く、何人もの人々が、あちこちの町医者に担ぎ込まれた。

『錦花堂《きんかどう》』にも、十人ほどの怪我をした近所の住民が身を寄せていた。番所医の八田錦の診療所である。この人数で手一杯なので、まだ増えそうだったら、隣の屋敷や神社や寺の庫裏を借りるしかない。

その怪我人の中に、正右衛門もいた。

顔や腕などに火傷を負っており、上体のほとんどに晒し布を包帯のように巻かれていた。命に別状はないが、しばらく治療が必要で、焼け痕が少し残るかもしれない。

だが、女の子は助け出すことができ、大した怪我もなく、今は母親と一緒にいる。

「――正右衛門……！」

駆け込んできたのは、八重である。忠兵衛と一緒だった。

ひととおり患者を診終えた錦が、

「忠兵衛さん。お疲れ様です」

「そっちこそ、大変だったな。ここ何日か日照りが続いて乾いてたせいか、あっという間に広がった」

「みたいですね。今日にでも、湿ってくれたらいいのですが……」

雲が少し広がっている空を、錦は裏庭越しに見上げた。

八重は錦に挨拶をすると、奥で横になっている正右衛門の側に近寄った。

「まあ、とんでもないことになって……」

泣き出しそうな顔の八重に、正右衛門は微笑み返した。

「大丈夫ですよ。みっちゃんが助かってよかった。危ういところでした。町火消が来るのがもう少し遅かったら、私もお陀仏だったかもしれません。悪運が強いです」

「悪運だなんて、とんでもない。おまえは小さな頃から、立派な心がけの子でした」

「育てられ方がよかったのでしょう。厳しいお父っつぁんに楯突《たてつ》いたこともありましたが、今では感謝ばかりです」

こくりと頭を下げると、ウッと顔を顰《しか》めた。背中に受けた火傷がひりひりと痛む。

その様子を見て、錦が心配そうに、

「化膿したら大変ですからね。こまめに薬を塗りますから、しばらくは背中を下にして寝ることもできないけれど、お大事に」

と言った。

「ありがとうございます……で、あいつらは、どうなりましたか」

正右衛門は、〝半もん〟たちのことまで案じているのだ。自分が刺されそうになったのに、慈悲深い人だと忠兵衛も感服した。

「まるで仏様みたいですな」

「いえ、私も拾った命ですから……」

「あいつらは、どうしようもない奴ら。哀れだとは思うけれど、自分たちがやらかしたことは、もう取り返しがつかない」

「でも、誰も死ななかったんでしょ」

「付け火は重罪だ。火事になれば、人が集まって大騒ぎするから、奴らはそれを見たかっただけだとさ」

「そんな……」

「長屋が二棟、丸々焼けて、おたくの店のも含めて数軒の蔵の一部が燃えた。〝火炙り〟は免れますまい。それに……」

「それに？」

「此度の火事とは関わりないことだが、前々から調べていた〝半もん〟でね、永尋になっていた、ある役人殺しと関わっている疑いも出てきた。調べは定町廻りに戻して、これからだが……救いようのない奴は、いつの世もいるんだよ」

「――そうでしたか……」

「だから、情けをかけることはない。下手すりゃ、あんたが殺されてた」

忠兵衛はいつになく重苦しい顔になって、入口を振り返った。そこには、喜瀬が申し訳なさそうに立っている。

　正右衛門も気付いて、頭を下げた。

　手招きをする忠兵衛に従って、喜瀬はゆっくりと入ってきて、恐縮した顔で座った。その肩を、八重がそっと抱いて言った。

「おまえのことを、『宗助！』って大声で呼びながら、火の中に飛び込もうとしたんですよ。やっぱり本当のおっ母さんですね」

「…………」

「私は腰が抜けて、その場に座り込んだだけだもの」

　八重が謙遜するように言うと、喜瀬は首を横に振りながら、

「違うよ……あれは、咄嗟に……」

「ええ、ええ。人は咄嗟のときこそ、本当の自分が出るんですよ。あなたは自分の命を捨ててでも、子供を助けにいこうとした……この正右衛門は、余所《よそ》様の子供を助けた……ほんに、母子《おやこ》は似るものなんですねえ」

　さあと、八重に促されるように、少し膝を進める喜瀬に、正右衛門はきちんと向き直った。じっと見つめると、そっと手を握りしめて、優しい声で呟いた。

「長い間、ご心配をおかけしました」

「…………」

「こうして会えてよかったです……江戸に来た甲斐がありました……」

正右衛門が謝りながら、さらに手を強く握って、

「こんなに、小さな手だったのですね」

と労《いたわ》るように撫でた。その正右衛門の手の甲に、ポツリと喜瀬の涙が落ちた。

「――ごめんなさい。謝らなきゃいけないのは、あたしの方だ……あんな小さな子なのに、目を離したりするから……ひとりで船底にいたときは、さぞ心寂しかっただろうね」

「……」

「生きてきた甲斐があった……会えただけであたしは嬉しい……こんなに立派に育ててくれた八重さんと旦那様にも、本当に感謝致します。本当に、このとおり……」

深々と頭を下げる喜瀬を、そっと抱き寄せて、正右衛門は思わず、

「おっ母さん……」

とはっきりと言葉に出した。

「達者でいてくれて何よりです……これからも、おっ母さん……こう呼ばせて貰いますよ。いいでしょ、おっ母さん……」

「──だめだよ……あなたは、この八重さんの……」

言いかけた喜瀬の口を塞ぐように、八重が言った。

「私ね……もし本当のおっ母さんが見つかったら、お返しするつもりで育ててきたんです。だから、何処に出しても恥ずかしくない子にしておかなきゃって、思ってたんです」

「──八重さん……」

「でも、そんなに一生懸命にならなくたって、この子は生まれつき優しくて、頑張り屋で、性のいい子なんです」

「……」

「逆に、私たち夫婦の方が、沢山、励まされましたよ……小さい頃から、明るくて剽軽《ひょうきん》でね……子供を失って、私たち夫婦の心が冷たくなってたとき、この子がいてくれたから、本当に救われたんです」

八重の話に、喜瀬も貰い涙になった。

「う、うう……」

「本当のことですよ、喜瀬さん……私なんか、たったの三年会えなかっただけで、こんなに辛い……あなたはその十倍も……考えただけで、頭が変になりそうです」

「……」

「ですから、どうか……この正右衛門のことを、これからも息子として愛おしんでやって下さい。正右衛門も同じ気持ちです」

「——ありがとうございます……ありがとう……」

もう言葉にならなかった。喜瀬は正右衛門の手を握りしめたまま、泣き続けていた。

正右衛門も、ふたりの母を、いつまでも愛おしそうに見つめていた。

数日後——。

正右衛門は、奇しくも迷子になった所から回船に乗り込み、松前まで帰ることとなった。病に臥している父親を看《み》るためである。

いつかまた、正右衛門は江戸に戻ってくるかもしれないが、そのときは『北海屋』の主人としてであろう。

喜瀬としては複雑な思いだった。結局、育ての親の方に戻ったからだ。しかし、それは喜瀬自身も望んだことだった。正右衛門がするべき親孝行の相手は自分ではなく、育ての親だと考えているからだ。

だが、思わぬ褒美があった。『松前屋』を弁当屋として改装し、喜瀬が店を任されることになったのである。

ぶらり立ち寄った忠兵衛の目にも、喜瀬は以前よりも元気になっている。何より、いつも苛ついていた態度が一変し、どこの観音様かと見紛うような穏やかな微笑みと態度だった。

「繁盛して結構なことではないか。俺も松前漬け付きなら、買ってやってもいい」

「おあいにく様。今日のはすべて売り切れでございます」

「おや、それはますます結構なことで。仕方がない、別の店に行くか」

「角野の旦那……嘘だよ、ほら」

弁当包みをひとつ、忠兵衛に差し出した。

「この度は色々とありがとうございました。改めて御礼申し上げます。おまけに松前漬けを多めに入れておきました」

「そうかい。素直に貰っておくよ」

「あら、あげませんよ。取り置きしてただけですから、買って下さらないと」

「おいおい。せこいな……」

仕方なく忠兵衛は金を払いながら、

「おまえさんは、息子のために、小銭を貯め込んでたんだってな……そこに置いてるのが、例の壺かい」

と店の片隅を見やった。

長屋にあったものが、そのまま店の一角に飾るように置かれてある。

「はい、そうですよ。でも、あんな金持ちの正右衛門に、こんな端金じゃねえ」

「金の多寡ではないと思うがな」

「まあ、聞いて下さいな、旦那……息子の方もね、もし生みの母親に会ったら、少しでも暮らしの足しにと、貯めてくれてたお金があるというんですよ……でもって、もし商売がうまくいったら、この『松前屋』をあげようと思ってたんですって」

「ほう、そりゃ豪気な……さすがは、喜瀬さんの子だな。親子して、お互い同じ思いだったたってことだ」

「でも、よくよく考えたら、あたしのこと、きっと貧乏だと思ってたってことだよね。もしかしたら、凄い玉の輿《こし》に乗ってたかもしれないじゃないか。なのに、ねえ……」

「それならそれで、繁盛した店を貰っても迷惑にはならんだろう」

忠兵衛はからかうように言って、弁当を掲げて、

「親子の思いが合わさった弁当を、じっくりと味わうとするよ」

と立ち去ろうとして、つと振り返った。

「これで、三十年ぶりに〝くらがり〟の決着がついたわけだから、ようやく裁許帳に『済』の朱筆を入れることができるよ」

「ご苦労様でした。ついでに旦那……嫁を探して下さらんかね」

「嫁……」

「ええ。正右衛門のね。江戸から嫁を貰ったら、ほら、里帰りとかするでしょ。だからさ、それを狙ってんだ。孫も見たいしさ」

「そうだな……錦先生なんか、どうだい。手当てしている間、けっこう親密に……してたように見えたけどね」

適当なことを忠兵衛は言って、ぶらぶらと奉行所の方へ歩き出した。

「俺もそろそろ、おふくろの墓参りにいかんとなあ……」

忠兵衛は空を見上げて、正右衛門のふたりの母親に幸あれと祈っていた。

道端には、母子草の黄色い花が、ほんわかと咲いていた。いや、春の七草が、今咲いているはずがない。「無言の愛」とか「忘れない」という意味合いがあるそうだ。忠兵衛の目には、その花びらが見えたのだろう。

第三話　妻恋い歌

一

思わぬ雪になった。まだ晩秋にもならぬのに、白一色の道にはらりはらりと落ちる紅葉も乙なものだった。

川沿いの薄く積もった雪を踏みしめるように、簑笠《みのかさ》に野袴、手っ甲脚絆《きゃはん》姿の角野忠兵衛と、北内勝馬が歩いていた。忠兵衛は刀と一緒に竹竿を納めた袋を差しており、どことなく意気揚々としているが、勝馬の方といえば足腰が疲れ切っていて、前屈みで歩幅も狭かった。

忠兵衛は振り返って、

「若いのに、だらしがないな。これくらいの道がなんだ」

と勝馬を叱咤《しった》するように言った。

寒さが苦手らしく震えている。忠兵衛よりは偉丈夫だが、背負っている大きな荷物がかなり負担になっているようだ。

川からの風も冷たく、時折、樹の枝にかかっていた雪が舞い落ちてきて、目鼻にひっつくのも煩わしい。

「こりゃ、もう……何で、こんな日に、こんな多摩川《たまがわ》くんだりまで来なきゃならないのですか……まったく、もう」

勝馬は文句だけは人一倍多い。だが、忠兵衛は答えず、前に進みながら、

「文句を言うな。雨や雪が降るから、こうして大きな川となって流れ、田畑が潤い、良い米などの作物ができ、俺たちが食える」

「いいですよ、こんな時に説教なんて」

「説教ではない。道理を語ってるのだ。もっとも、俺もこんな人間じゃなかったのだがな……おまえみたいなのを見ていると、なんだか言いたくなる」

「だから、結構ですよ、もう……」

苛立つ勝馬は背中の荷物がずれるのを腰で支え直しながら、なんとかついてきた。

本来なら、こんな中間や下男の仕事などしたくはないのだ。だが、忠兵衛は誰でも

初めは苦労をするものだと、教え諭しているのだ。

「辛抱我慢も武士の仕事だ。いずれ天下国家だの幕政のことを担う若侍だからな。その志を実現するためにも、頑張れ頑張れ」

「本当に人使いが荒いのだから……」

「いやいや。俺なんざ、優しい方だぞ。ほとんどは、自分だけでやってきた」

「手伝おうとは思わないのですか……こんなに、しんどい目をしてるのを見て」

「思わぬ。俺が疲れるからな」

「ふざけるなよ」

チッと勝馬の舌打ちが聞こえた。忠兵衛は振り返って、

「その癖はやめろと何度も言ってるがな」

「お言葉ですがね。空耳が酷くなったのではないですか」

「あれこれ不平不満ばかりいう態度では、絶対に出世できぬぞ」

我慢することで、克己心を強くし、毎日の努力が結実する。いつしか自分が目指す理想を現実にすることができると、忠兵衛は念仏のように唱えながら振り返った。

「おお！」

「――なんですか……」

「見てみろ。俺たちが歩いた跡がずっと残っているではないか」

「……」

「人生もかくあるべし。千里の道も一歩から……であろう？」

忠兵衛が飄々《ひょうひょう》と歩いていく。その背中に向かって、勝馬は舌を出した。

ここは――内藤新宿《ないとうしんじゅく》を出てから四里ほど甲州《こうしゅう》街道を西に来た〝布田《ふだ》五ヶ宿〟のひとつ下石原《しもいしわら》から、さらに一里半歩いた多摩川沿いの名もない村である。天領の一角であるが、旗本の領地も点在している。その田畑を借りて、隠居した与力や同心が余生を過ごすこともあった。

今でいう年金などはない。辞職したときに幾ばくかの退職金を貰い、それまで貯めた金で過ごすのだ。もっとも三十俵二人扶持の同心稼業には、蓄えることなど無理だ。だが、与力ともなれば多少は潤えるし、望めば八丁堀の組屋敷に引き続き住むことができる。

しかし、河渕隆信《こうぶちたかのぶ》は勘定方与力を辞してから、江戸を離れ、下布田外れの多摩川沿いの村に隠遁《いんとん》したのだ。甲州街道に宿場があるとはいえ、江戸暮らしからすれば、まさに仙人のような暮らしぶりであろう。

多摩川の土手堤のすぐ下に、河渕の屋敷はあった。屋敷というより荒《あば》ら屋《や》同然で、雑木林に囲まれて鬱蒼《うっそう》としている。目の前の川はときに決壊することがあるらしいから、万が一のことがあれば、大変だろうと忠兵衛は思った。

庭なのか空き地なのか、背が伸び放題の竹林や杉木立も多いせいで、どう見ても山奥の光景だった。

土手道を歩く人影もない。地蔵や小さな祠《ほこら》が道標になっているようだ。もし大雪になれば、潰れるのではないかと思える荒ら屋の前に立ったとき、

「ここだ……本当に、よくこんな所で暮らせるものだな……」

誰にともなく忠兵衛は呟いた。勝馬は重たい荷物から、ようやく解放されると思ったのか、深い溜息をついた。忠兵衛は竹で編んだ門扉から、

「河渕様！　いらっしゃいますか！　角野忠兵衛です！　江戸から参りました！」

と腹の底から声をかけた。

返事を待たずに粗末な門を潜ると、忠兵衛は肩に降った雪を払い、簑笠を外した。勝馬は荷物を下ろした。すると、悲鳴のような軋《きし》み音を上げながら、扉が開いた。

荒ら屋の中から顔を出したのは、まさに雪のような白い顔の女だった。当家の主・河渕隆信の妻、早苗《さなえ》である。

「これはこれは、忠兵衛様……お懐かしゅうございます。でもまあ、こんな日に、

かような遠くまで……何かございましたか」

消え入るような細い声で言った。世の不幸の全てを引き受けたような華奢《きゃしゃ》な体で、頰も少し痩《こ》けていた。おそらく長年抱えている幾つかの病のせいであろうが、それにしても青白くて、立たせているのが申し訳ない様子だった。

「こちらこそ、ご無沙汰ばかりで、申し訳ございませぬ」

忠兵衛が深々と頭を下げると、勝馬もつられて挨拶をした。早苗は足も悪いのか、少し引きずりながら、家の中に案内しながら、

「何もない侘《わ》び住まいです。申し訳ありませんねえ」

「とんでもない。奥方、お体の方は大丈夫ですか。こんなことを言ってはなんですが、江戸の方が何かと良いのでは。河渕様も酷いことをなさるものです」

「いいえ。とても楽しゅうございますよ。四季折々の花が咲き、鳥や虫も訪ねてきます……今日は生憎の雪ですが、この前、赤とんぼがきました。ここを『紅蜻亭《こうせいてい》』と名付けたからかしらね」

「こうせいてい……」

「〝紅蜻蜓《てい》〟のもじりです、赤とんぼの」

「はあ……」

忠兵衛が曖昧に返事をしていると、後ろから勝馬が朗々と、

「水亭《すいてい》は俗塵の侵すを受けず、葛帳《かっちょう》鈎床《いんしょう》に素琴《そきん》を弄す……一片の風光、誰か画《えが》き得ん、紅蜻蜓は緑荷《りょくか》の心《しん》を点ず」

漢詩らしきものを詠じた。すると、すぐに早苗は、

「あら。お若いのに、よくご存じで……うちの人もよく詠んでますわ」

「どういう意味だ」

忠兵衛が勝馬に訊くと、小馬鹿にしたように、

「寺子屋で習いませんでした？　俗塵を離れた水の畔の東屋《あずまや》で、竹で編んだ寝床や葛《かずら》の簾《すだれ》を帳り巡らせて琴を弾いていると、赤とんぼが緑の蓮の芯を突っつきながら飛ぶよ……ってことです。それくらい知らないのですか、ほんとうに」

「知らぬ」

「なんですか、その居直ったような言い方は……私には、この荒ら屋……いえ、庵《いおり》風のお屋敷を、そう名付けたお方の心持ちが、分かる気がします」

「なるほど……さすがは湯島聖堂一の秀才。見直した」

「――バカにしてるでしょ」

「しておらぬ。素直に誉めただけじゃないか。なにを怒ってるんだ」

「怒ってません。さっき入るときに、扉の傍らの柱に『紅蜻亭』と木彫りの表札があったから、字が違うなあと思ってたんです」

「ほほう。その一字に気付くくらいの目の玉で、事件の方もよしなに」

「あのですねえ……」

勝馬が言い返そうとするのを止めるように、

「まあ、仲のよろしいですこと。ささ、粗茶でも。ほんに寒かったでしょう」

と早苗は奥に誘った。

庵とか、侘び住まいとか、荒ら屋というのは決して大袈裟ではない。酒樽や油桶を置けば窮屈になる土間と、わずか二間《ふたま》の狭苦しい家である。しかも、畳が敷かれているのは、奥の寝室だけだ。まるで茶室のような無駄を省いた清らかさはあるものの、江戸の与力屋敷に比べれば、侘し過ぎた。

「しかし、驚きました」

忠兵衛は同情の目で早苗を見ながら、

「河渕様は先頃まで、和田倉《わだくら》門からそう遠くない屋敷にいらした。何しろ御殿勘定所の筆頭与力ですからな」

「ええ、まあ……」

「たしかに私の釣り仲間で、昔から風流人であることは知ってましたが、いやいや、この暮らしは、奥方様にはさぞや不自由しておられるでしょう」

「そのようなことは、まったく」

「しかも、旗本のお嬢様ですからな。ここまで河渕様に付き合わなくてもよろしいのに……奥様も苦労性ですな」

　と慰めるように言った。

「いいえ。本当に幸せに暮らしております」

「まことですか」

「世間のしがらみを断ち切ったと、主人は思っているようですが、何よりこれからは、好きなように生きて貰いたい。長年、お上に真面目に奉公してきましたから」

　裏庭には、腕組みをしたままじっと竹林を見上げている羽織姿の河渕がいる。まだ隠居する年齢ではないし、勘定方にしては偉丈夫である。剣術の方は御前試合に出るほどだし、腕っ節も強く、竹を揺すって雪払いをしていた。

「河渕様。相変わらずですね」

　忠兵衛が声をかけると、河渕は振り返るなり、子供のような笑顔になって、

「おう、忠兵衛殿。無事息災そうで何より。こっちの方はどうかな」

と釣り竿を動かす真似をした。

「近頃は野暮用が多くて、八丁堀の海べりばかりです。はい、手土産です。河渕様の腕には物足りないでしょうが」

腰に差していた釣り竿を、袋ごと渡した。

「おいおい。貧乏同心が無理をするな」

「川釣りに丁度良い調子のものを選んで参りました。この辺りは、さぞや、釣り甲斐があるでしょうな」

「ああ。実によいぞ。鯉や鮎《あゆ》、山女魚《やまめ》にアマゴ、鰻だって釣り放題だ」

「しかし、どうしてここでの隠遁暮らしを選んだのか、未だに不思議です」

「俺の家名は河渕だぞ。まさに、そのとおりではないか」

笑って部屋に招き入れると、まるで竹馬の友が来たかとばかりに手を握った。

「こりゃ冷たい。わざわざ雪の日を選んで来なくても……早苗、風呂を沸かしてやれ」

河渕は妻に命じた。忠兵衛は遠慮していたが、勝馬は素直に入りたいと言った。

その顔を見て、河渕は首を傾げ、

「初めて会うが、永尋の新入りとは、おぬしのことか」

「はい。北内勝馬と申します。本当は定町廻りに行きたかったのですが、お奉行の命令で暇な方に……」

「定町廻り方なんぞ、柄が悪くなるだけだ。やめておけ、やめておけ……それより、北内と申したが……」

「はい。父は勘定方にまだおりまして、北内主水亮《もんどのすけ》と申します。役所は下勘定所の方ですが」

「ああ。あの堅物か。さようか、このような立派な息子がな。これから楽しみだな」

「父から、河渕様のことは聞いております」

「どうせ悪口であろう」

「いいえ。将軍吉宗公の意向を汲《く》んで、幕府財政の緊縮策を断行し、多くの無駄を省いて年に十三万両もの余剰を生んだと。老中ら幕閣からも一目置かれる御仁だとか」

「そんなバカな。たかが与力の俺に、一目なんぞあるものか」

河渕は自嘲気味に笑ったが、勝馬は真顔のままで、

「父は本当にそう申しておりました。ですが、そのため敵も多かったと」

「敵、か……ま、おぬしの父上もかなりの堅物だが、俺もそこそこ。ゆえに融通が利かぬと、勘定奉行に呼び出されて叱責されたことは、数えきれぬわい。ははは」

今度は豪快に笑うと、河渕はふたりに荷物を解かせて、早速、酒盛りをしようと言った。

侘び住まいの割には、食べ物や酒には不自由していないらしかった。河渕は江戸にいる頃から、自宅で幕臣の子弟を相手に、漢学を教えたりしていたが、ここでも数人の弟子がいて、教授料がわずかだが入る。さらに、近所の百姓たちが菜の物や雑穀を持ってきてくれるという。

「元与力ということで、意外といい目をみてるのだ。さあ、座れ座れ……『君に勧む金屈卮《きんくつし》、満酌《まんしやく》辞するを須《もち》いず、花発《ひら》けば、風雨多し、人生別離《べつり》足る』……てとこだ」

「え……そりゃ、どういう……」

忠兵衛が首を傾げると、また勝馬が何か言おうとしたので、

「おまえの講釈はいい。色々大変だろうが、とりあえず乾杯しようってところだろう……でしょ、河渕様」

「ま、そういうことだ」

遠路遥々《はるばる》来た友を河渕は歓待したが、忠兵衛の方も江戸から運んできたと、酒に米、塩、炭や油などを渡した。

「さすがは、忠兵衛殿。気が利くなあ」

礼を言う河渕に、勝馬は疲れ切った顔で、

「運んで来たのは私ですがね」

「ほんに可哀想だな。だが、忠兵衛の下で働いておれば、必ず良きことが起こる。もっとも出世とは縁がないがな」

「河渕様……」

忠兵衛は顔を顰めたが、三人はそのまま転がるように土間に座ると、さっそく杯を交わし始めた。

そんな光景を、早苗も楽しそうに見ながら風呂を焚こうとしたが、小さな咳が続いていた。それを隠そうとするかのように、袖で口を押さえていた。

その様子をチラリと見て、忠兵衛が声をかけた。

「奥様。ご無理なさらないように。今日は幕府財政について、河渕様にお話を聞きに来ただけですから」

「なんだ、忠兵衛殿。もう俺は職を退いたのだから、厄介事は御免だぞ」

河渕は文句を言いながらも、笑顔で酒をなみなみと杯に注ぐのであった。

二

八代将軍吉宗の治世にあっても、後の世に四大飢饉《ききん》のひとつに数えられる〝享保の大飢饉〟と呼ばれる大飢饉があった。

ちなみに、江戸時代の四大飢饉とは、寛永《かんえい》、享保《きょうほう》、天明《てんめい》、天保《てんぽう》に起こったものだ。いずれも、大雨、洪水、干魃、虫害、冷夏、火山噴火、霜、降雪などによる異常気象がもたらしたものである。中でも、天明の飢饉は国が滅ぶほどだったというが、享保においても、中国、四国など瀬戸内《せとうち》や九州から始まったものが、あっという間に全国に広がった。

冷害や長雨などの天候不順と害虫の被害のため稲作が大打撃を受け、西国を中心に二百万人以上が飢餓に陥り、二千人余りの餓死者が出た。幕府は、被害の大きい藩に天領から米を分配したが、逆にそのために江戸が米不足となり、米価が数倍に跳ね上がった。このことで、生活に喘《あえ》ぐ町民や百姓たちによって、商家が打ち壊されるという事件にまで発展したのである。

　幕府は青木昆陽《あおきこんよう》を登用して、飢饉に備えて関八州などの天領を中心に薩摩芋《さつまいも》を植栽し、普及に努めたが、この政策が実るのは、後の天明の飢饉のときである。喫緊の課題として、老中や若年寄ら幕閣中枢は、その対応に追われていた。

　江戸でも貧民が増えて、二十万人もの人々に町会所が布施銭を出したほどである。佐久間町《さくまちょう》にお救い小屋を造ったりしたが、まさに焼け石に水。世の中が悪い方へ傾くと、人々の不安な心は増幅してゆく。

　河渕はそんな不安定な世情の中で、勘定方役人として、暮らしに困った人々に対して援助する財源などを工面していたのだ。

　河渕家は代々、勘定方与力だった。老中や勘定奉行から政策が下りてきて、如何《いか》なることに幾ら資金を捻出できるかを算出するのが仕事だ。此度の飢饉は終息の見通しが立ったので、責任を終えたとして十年も早い隠居願いを出した。跡継ぎがいないから、できることだった。

　だが、本音は職務に飽きたからではなく、

　――女房に楽をさせる。

　ということで、勘定奉行から許しを得たのだ。

　楽をさせるというのも正確ではない。実は早苗が不治の病に罹っており、最期を看取るために職を辞したのだ。

むろん、早苗当人は、半年もせぬうちに死ぬであろうことを知らない。だから、河渕もいつものように振る舞っている。重い病だということを、悟られたくないからだ。今のところ、痛みや苦しみがあまりないのは、奥医師から特別に処方された薬を、茶と一緒に煎じて飲ませているからだ。

早苗の実家は、三河《みかわ》以来の立派な旗本である。跡は弟が継いでおり、遠国《おんごく》奉行の職を担っている。身分違いの婚姻だったが、妻の実家のお陰で、与力として出世できたともいえる。だから、辞めたところで、河渕は何の未練もなかった。むしろ、妻と一緒に居られることが嬉しかった。

河渕自身、もし御家人として生まれていなければ、儒学や漢学の師範として暮らしていきたかった類《たぐい》の人間だ。もし、早苗と縁がなければ、学者という〝風来坊〟もよかったであろうと思っていた。

しかし、勘定方として幕政に深く関わるようになると、身勝手なことはできなくなった。早苗が病に冒されたときから、河渕は職を辞して、ふたりの時を大切にしようと考えていた。

なのに、本当にギリギリになるまで、何もしなかった自分を、河渕は責めていた。

今日、忠兵衛が訪ねてきたのは──。

別に、旧交を温めるためでもなければ、一緒に釣りをしたいわけでもない。隠遁暮らしを始めた河渕に、何とか南町奉行所の手助けをして貰えないかと頼みにきたのである。

「勘定方でありながら、御家人の中でも一、二を争う剣の使い手。定町廻り方はもちろんのこと、近頃、弛《ゆる》んでいる同心たちに発破をかけて貰いたいのです」

忠兵衛が頼むと、河渕は「断る」とハッキリ言って、

「剣術指南なら、おまえが面倒を見てやっていた、ほら……」

「山根新八郎《やまねしんぱちろう》ですか」

「おおそうだ。梶派《かじは》一刀流の使い手、錬武《れんぶ》道場の主のな」

「はい。奴にも頼んでますよ。ですが、河渕様には、儒学や漢学の素養も……」

「出鱈目を言うな」

河渕は笑いながら手を振った。

「忠兵衛殿。他に狙いがあるのであろう。そういう顔をしておる」

「そうですかね」

「ああ、そうともさ。年は違えど、おぬしとは学問所や道場などで、昔から競い合

ってきた仲だ。しかも、釣りも共にしているからな、分からぬわけがなかろう」

親しみを込めて河渕が言うと、勝馬の方が驚きの目を向けた。

「河渕様と競い合ったって、角野様は、そんなに剣術も学問も秀でていたのですか」

「むしろ、忠兵衛殿の方が上だ」

「嘘……」

「本当だ。能ある鷹は爪を隠すと言うであろう」

誉めちぎる河渕に、忠兵衛は杯を返して、

「こいつが本気にしたらいけないので、冗談はこの辺にして、私は真面目にお伺いを立てているのです」

と詰め寄った。

「私の思いもありますが、大岡様のたっての頼みです。その使いで来ました」

忠兵衛は懐から封書を差し出し、

「大岡様から預かって参りました。返事はすぐにとは申しませぬ。奥様のためにも、御一考下さいませ」

丁寧に渡すと、河渕は溜息をついたが、

「たしかに受け取った。だがな、忠兵衛殿。もう、お勤めに疲れた……というより、俺も年だ。残された日々を、何も考えず、ぼんやりと過ごしたいのだ」

「それは、お察ししますが」

「俺の兄が早逝したために、河渕家を俺が継ぐことになったのは、おぬしも知っておろう。兄がおれば、俺は金勘定などせず、学問をしながら、巷で暮らしていただろう」

「………」

「そしたら、早苗とも会ってないから、この道を歩んだことは、決して後悔していない。その分、早苗には苦労をかけた。武士の情けだ、忠兵衛殿……それ以上、言うな」

河渕は少し声をひそめて、

「おまえは、女房に少しでも良い医者をつけようと考えてのことだろう。心遣いは嬉しいが、もうよいのだ。さあ、飲め」

と酒を注いだ。

「千山《せんざん》鳥飛ぶこと絶え、万径《ばんけい》、人蹤《じんしょう》滅す。孤舟、蓑笠《さりゅう》の翁《おう》、独り釣る、寒江《かんこう》の雪……そういう心境よ」

呟きながら河渕は、ぐいっと酒を呷《あお》り、勝馬にも「若いのに遠慮するな」と勧めた。

「親父とは、こうして飲んでおるか」

「いえ、あまり。父はそもそも酒が苦手なもので」

「そうか、つまらぬ奴だな。俺は親父と飲み交わそうにも、物心ついたときにはいなかった。代わりに祖父《じい》さんはいたがな。こうして若い奴と酒を酌み交わせて、嬉しい。勘定所はなんやかやとうるさくてな」

愚痴っぽい河渕の言葉を受けて、勝馬は頷いた。

「父もそう言ってます。やはり公儀の大事な金を扱う仕事ですから、酒の席で失敗するのを、とても恐れております」

「だから堅物なのだ、はは。幕府の中にあって、やはり財務を与《あずか》る者は、常に神経を研ぎ澄まし、襟を正しておかねばならぬゆえな。決して、間違いがあってはならぬ」

酒好きの河渕だからこそ、説得力があると忠兵衛は思ったが、

「そういえば……御殿勘定所詰めの小野寺左内《おのでらさない》というお方が、過日、切腹したそうですが、なんとも痛ましいことでしたな」

と唐突に言った。

一瞬、河渕の表情が強張るのを、忠兵衛は見逃さなかった。だが、河渕はすぐに大きく頷きながら、

「小野寺は、俺と同じ支配勘定でな、お互い切磋琢磨《せっさたくま》して、見習いから共に頑張ってきたが、無念なことだ。まさか、あいつが不正に手を出すとは思わなんだ」

と言った。

「共に切磋琢磨した小野寺様が、まこと不正を働いたと思っているのですか」

「どういう意味だ」

問い返す河渕を、忠兵衛はじっと見据えて、

「河渕様が一番、よく知っているのではありませぬか」

「いや。おぬしの悪い癖だ。奥歯にものが挟まった言い草はよせ」

「では、お訊きします」

忠兵衛はよそ行きの顔つきになると、

「御殿勘定所では、各役所から求められる経費や、それに関わる書類をすべて請け負ってますね。米相場に、旗本や御家人の分限帳もです。河渕様には釈迦《しゃか》に説法ですが、老中や若年寄、なかんずく、上役の勘定奉行には、かなり気遣いをしている

と聞き及んでます」

「そのとおりだが、小野寺が何だと言うのだ」

「小野寺様は、河渕様と一緒に、此度の〝市中援助御用金掛り〟を拝命し、天災飢饉で困った商家や江戸町人の誰にどれだけ金を配るかを精査し、実行していました」

「だから、何だ」

「まあ、お聞き下さい……小野寺様は、勘定奉行の松平政澄《まつだいらまさずみ》様から預かった公金のうち、千両もの金を不正に使ったことを責められ、切腹したとありますが……町奉行所で調べたところ、その金の行方は分かりませぬ」

「………」

「すでに、誰かの懐に入ったということでございます。南町奉行・大岡様の探索によりますと、これらの金はすべて『柊屋《ひいらぎや》』という、あまり聞かぬ名の両替商に預けていたとのこと」

「さすが、大岡様、何処でそのことを……」

「上様の腹心と言われている御仁です。御庭番も動いてのことでしょう」

忠兵衛はいつになく慎重に、腑抜けた町方同心には見えぬ真顔で続けた。

「その『柊屋』の主人・新右衛門《しんえもん》という男は、元々は、越後出雲崎《えちごいずもざき》にて同じ屋号で、金《きん》の仲買をしていた者です。松平政澄様が佐渡《さど》奉行のときから、親しくしている相手だということは、ご存じですよね」

「承知しておる」

「此度の商家に配る援助金は、一旦、『柊屋』に預けられます。それは米や油、薬や呉服など各問屋仲間に渡され、肝煎りたちの判断や采配で、商人に分配されます」

「さよう」

「一方、大工や左官、指物師、飾り物師、鍛冶《かじ》などの職人たちには、町名主らが一旦預かり、そこから行き届くようにします」

「……………」

「これらの手間が繁雑なので、両替商『柊屋』が請け負ったとのことですが、その手数料が一万両というのには、大いに驚きました。町人に配られるのが十万両ほどであることを考えると、破格ではありませぬか」

前のめりになる忠兵衛に、もうよいとばかりに河渕は手を上げた。

「おぬしの言わんとすることは分かった……たしかに、小野寺は『柊屋』に渡すべき金のうち、千両を抜き取った。だが、勘定所としては、追及しなかった……勘定所役人のこの不正が表沙汰になれば、何かと厄介だからな」

「その程度のことではありません」

「なに……」

「これからも、援助金は理由をつけて、『柊屋』を通すことになりましょう。松平様が勘定奉行でいる限り」

「……」

「小野寺様は、そのことをご老中に直訴、ないしは評定所に申し出ようとしたがために……千両もの金を着服して切腹した……ことにされたのではありませぬか？」

忠兵衛の話に、度肝を抜かれたのは、勝馬の方だった。

「ど、ど……どういうことですか……小野寺様は、勘定奉行と『柊屋』とやらが結託して、公金を横領していることを知って、それで、こ、殺された……とでも」

「さすが、学問所で一番。勘もよいな」

また揶揄《やゆ》するように言う忠兵衛を、河渕の方が窘《たしな》めた。

「勘違いをするな。小野寺はたしかに有能だが、本当は小狡いところがあった。勘定方の役人は、〝算勘卑しむべきもの〟として、武士の仕事としては忌み嫌われている。だが、昔の荻原重秀《おぎわらしげひで》様のように、下級武士から勘定奉行にまで出世をするには、勘定方が唯一の道なのだ」

「だから、横領をしたと」

「奴の死には色々と噂が立ったが、遺書は残っており、切腹も自邸でしたのだ」

「ですが、切腹をしたのは、小野寺様がひとりでいる折。妻子は実家に帰って留守で、奉公人もおりません。さらには不審な人影を見たという者もいるため、定町廻り方では、〝殺し〟の疑いで調べておりました」

「……」

「それが、永尋に廻ってきたものですから、私も探索を続けているのです」

「相分かった。おぬしは釣り仲間のご機嫌伺いに来たのではなく、御用だったのだな。ならば、もう帰れ」

河渕は冷たく言った。それを土間で聞いていた早苗が思わず立ち上がり、

「おまえ様、そんな言い方は……」

「喧嘩を吹っかけてきたのは、こいつの方だ」

「そんな、喧嘩だなんて……お風呂も沸きますから、どうか、そんなふうに言い争わないで下さいまし」

「風呂なんかどうでもいい。帰れ、帰れ!」

感情を露にした河渕を見上げている忠兵衛の顔は、意外と冷静である。

「――申し訳ありませんでした。では、私は、これにて」

「ああ。二度と来るな」

「それは、どうか分かりません。永尋に来た事件ですから、必要があれば参ります」

真顔で言った忠兵衛だが、少し表情を緩めてから、

「もっとも、この手の偉い人絡みの事件は厄介ですから、私の分《ぶ》には合いません。ですから後は、この北内勝馬に任せます。こいつは置いていきますから、河渕様には以後、よしなにお願いします」

と立ち上がった。

困った様子の早苗に、忠兵衛は深々と頭を下げて、「奥方様もどうかお達者で」と外に出ていってしまった。残された勝馬はどうしてよいのか戸惑っていたが、河渕も臍《へそ》を曲げたのか、素知らぬ顔をしている。

「な、なんですか、これは……」

勝馬が迷っているのを見て、河渕は声をかけた。

「おまえも、とんだ貧乏籤《くじ》を引いたな。出世する方法を教えてやるから、酒に付き合え。今宵はとことん飲むぞ」

「え、ええ……」

「酔うて沙場《さじょう》に臥《ふ》す、君笑うこと莫《なか》れ、古来征戦《こらいせいせん》、幾人か回《かえ》る……」

とまた吟じ始める河渕に、勝馬は思わず、

「唐の詩人、王翰《おうかん》の『涼州詞《りょうしゅうし》』ですね……でも、これって戦に出て帰れない歌じゃないですか」

「さすがだな。飲み甲斐がありそうだ。さあ、もっとやれ」

河渕が満杯に注ぐのを、勝馬は仕方なく飲み干した。心配そうに見ている早苗だが、勝馬が残って少し安堵したようだった。

三

呉服橋御門近くにある金座の側に、両替商の『柊屋』はあった。

江戸もしんしんと寒さが増して、粉雪がちらついていた。そんな中、二八蕎麦の屋台で蕎麦や田楽をあてに酒を一杯やりながら、岡っ引の銀蔵は『柊屋』を張っていた。

「親分さん……あの両替商に討ち入りでもあるんですかい」

蕎麦屋の親父が訊くと、銀蔵は酒の代わりを頼んで、

「ああ。そのうち、大捕物があるだろうよ。いつのことかは分からねえがな」

「大した店じゃなさそうですが、吉良上野介《きらこうずけのすけ》でも隠れてるんですかね」

「じゃ、俺は赤穂《あこう》浪士ってわけか。槍の名手の」

「ならば、突き刺して下せえ」

ふざけて言う親父に乗せられ、銀蔵はグサリと田楽を箸で刺した。

「何を刺せだって。物騒なことだな」

ふいに闇の中から現れたのは、篠原恵之介だった。

「こりゃ、旦那。脅かさないで下さいやし」

銀蔵が突き刺した田楽をパクリと食べると、篠原も床几《しょうぎ》代わりの樽に座って、
温かい蕎麦を求めた。

「今夜は俺も付き合うぜ」

「おや。面倒臭がり屋の旦那が……どうりで雪になるはずだ」

「何とでも言え。大捕物になるかもだ」

「やはり、この『柊屋』が怪しいんですね、角野様が目をつけたとおり」

「な、何を言う。俺が先に目をつけてたんだよ」

「さいですか。でも今日は、元勘定方与力の河渕様の隠居先まで足を延ばしたと、聞いておりやす」

「おまえも相変わらずの地獄耳だな」

篠原は頷いて、銀蔵の酒を横取りして一口飲んで、

「角野が動いてるってことは、俺たちが見落とした裏に、何かあるってことだ。だから、北内にはずっと奴に張りついてろと、申しつけておるのだ」

「あの見習いを終えたばかりの」

「ここはキレるからな」

頭を指しながら、篠原は欲の塊の張りついた顔になって、

「何か摑んでこい。大捕物になったら、定町廻りに何が何でも引き抜いてやると、北内に約束してやったんだよ」

「なるほど。うまくいきゃ、いいですね」

「なんだ、し損なうのを願ってるような言い草は」

「まさか……旦那、近頃、被害なんとやらですぜ。手柄を焦るのは分かりやすが

ね」

「そうじゃねえ。俺も、支配勘定の小野寺左内様の切腹はおかしいところがあると、思ってたんだ。だが、大岡様ですら、ご老中から探索打ち止めにと命令された」

「らしいですね」

「何かがあると考えるのが当たり前だ。武家屋敷内だから、切腹の場の片付けは、勘定奉行・松平政澄様の御家中の者が取り仕切った。だから俺が検分したわけじゃないが、〝はちきん先生〟が、評定所事案として大岡様の依頼で検屍したから、ちょこっと様子を聞いたのだ」

話している途中に、蕎麦が出されたので、篠原はハッと親父を見て口をつぐんだ。

横目で見ていた銀蔵は苦笑して、

「大丈夫ですよ、旦那。この蕎麦屋は俺の仲間です」

「あ、そうだったのか……」

篠原はひとくち汁を啜って、ズズッと蕎麦を食べながら続けた。

「八田錦先生が、公儀役人とともに小野寺様のお屋敷に出向いたときは、屋敷内は騒然《そうぜん》としてたけれど、白装束で自刃した亡骸は、すでに蒲団に寝かされており、勘定奉行の松平様の御家中の者たちが大勢いて、色々と調べていたらしいのだ」

「勘定所の役人ではなく、松平様の御家中の方が……」

「俺もそこのところが引っかかったのだが、とにかく、錦先生が検屍したところ、手にしていたはずの脇差しはすでに外されており、左手に血の痕がついていたとか」

「それは、どういう意味でやす」

銀蔵が訊くと、篠原は蕎麦を音を立てながら啜り上げた。江戸っ子らしい粋な食べ方なはずだが、篠原のズルズルッと吸い込む姿は、下品に見えて仕方がなかった。

「脇差しは左手で持っていたということだ。ズズッ……しかしな、切腹ってのはな、こうやって左から右にかけて、ズズッ……腹を切る作法があるんだ」

「てえと、左利きってことですか」

「もし左利きだとしても、ズズッ……作法通りすれば、こっちから、こっちだ」

篠原は箸で、自分の左腹から右腹に切る真似をした。

「つまり、右手に血がついてるはずなのに、左手の方に多くついていたのが不思議だと、ズズッ……しかも、手の甲や指ではなく、掌が真っ赤だった。つまり、血糊のついた脇差しを後で握らせたのではないか……と錦先生は言うのだ」

「……」

「なのに、傷口は作法通り、左側が深くて、右側が浅かった。しかも、ためらい傷もない。俺も、ズズッ……刑場で、武士の切腹に立ち会ったことがあるが、腹なんか本当に切れるもんじゃねえ」

痛々しげな目になって、篠原は蕎麦を食い終え、美味そうに汁を飲み干すと、

「切っ先をあてがっただけで、介錯《かいしゃく》役が皮一枚残して首を落とすんだ。赤穂浪士だって、切腹は格好だけだったらしい。だが、小野寺様は介錯もなく、自分ひとりでやった……にしては見事過ぎる。しかし、腹の切り傷と、脇差しを持つ手が反対だったというわけだ」

「なるほど、読めやした」

銀蔵は膝を打って、ゲップをする篠原に向き直った。

「旦那は、誰かが切腹に見せかけて殺したと言いたいのでやすね。けど、脇差しを握らせる手を間違えてしまった」

「他にも、おかしなことはある。妻子は実家に帰り、中間や小者には暇をやって、屋敷内は誰もいなかった。それだけ覚悟をしていたという者もいるが、では誰が見つけたのか、というのは曖昧なままなのだ」

「たしか、出仕してこないから、御殿勘定所の誰かが訪ねていって見つけたのでは」

「それは作り話だ。勘定奉行の松平様は、自分の家来から聞いたはずだ……この屋敷に以前から出入りしていた家来にな」

何かを確信したような目になる篠原に、銀蔵は頷きながら、

「──それにしても、こんな話、よく蕎麦を食いながら出来ますね」

「俺たちゃ、握り飯食いながらでも、血染めの死体を始末するのが仕事だ」

「違いねえ」

「ほら、噂をすればなんとやらだ」

顎で示すと、『柊屋』の裏戸の前に、菅笠《すげがさ》に着流しのひとりの侍が立った。先触れでもあったのか、すぐに内側から戸が開いて、着流しは腰を屈めるようにして入った。

「こんな夜更けに菅笠とは、如何にも怪しいではないか」

「では、あっしが……」

蕎麦屋の親父は頬被りをすると、まるで忍びか盗っ人のように『柊屋』の横手に廻り、縄梯子《なわばしご》を掛けるや素早く塀を乗り越えた。

「大丈夫か、おい」

篠原が心配した途端、突然、背後から数人の浪人が現れて、ふたりに斬りかかっ

た。いずれも覆面をしている。不意打ちに驚いた篠原と銀蔵だが、手元にあった丼や湯の入った鍋を投げつけ、屋台から離れて身構えた。

「ほう。やはり探られてはまずいことがあるのだな、『柊屋』には」

無言のまま問答無用と斬りかかってきたが、篠原も南町奉行所一の手練《てだ》れと知られている。容赦はせぬとばかりに抜刀し、

「そっちが死ぬぞ。構わないのか」

と声をかけたが、次々と襲いかかってくる。篠原は銀蔵を逃がしてから、塀を背中にして数人の浪人と対峙した。

やはり無言のまま斬り込んでくる相手の刀を弾くと、火花が飛んだ。一太刀、二太刀と斬り結ぶうちに、篠原は相手の腕や肩口に切っ先を打ちつけた。手応えはあったが、決死の覚悟なのか、篠原が町方同心と承知の上で、真剣に殺しにかかっている。

相手もなかなかの腕前を揃えているのか、間合いを詰め、一寸の間違いもなく、斬り込もうとしている。その摺《す》り足の捌き方や、爪先の力の入れ具合を見ても、生半可な奴らではないと分かる。

腕に覚えのある篠原でも、さすがに多勢に無勢では不利である。

――ここは一点突破しかないか。

そう判断した篠原は、最も隙がありそうな相手に目をつけて斬り込んだ。だが、横合いから突き出てきた切っ先を避けきれず、わずかだが、脇腹を斬られた。

しかし、帯や鞘《さや》が楯となって、深傷《ふかで》にはなっていないようだ。

「てめえら……俺を本気で怒らせるとどうなるか、目にもの見せてやる」

篠原は獣のような気合いを吐きながら、数人と刃《やいば》を交わしたが、少しずつ行き止まりの路地に追い詰められていく。

「南無三！」

相打ちを覚悟して身構え直したとき、「待て待て」と大声を張り上げながら、数人の袴姿の侍たちが駆けつけてきた。いずれもまだ若武者のようだが、気迫が漲《みなぎ》っている。

勢いのまま押し寄せてくると、あっという間に、浪人たちと大乱闘になった。

篠原は唖然と見ていたが、自分も加勢して浪人たちを蹴散らした。

「引け引けい」

浪人の頭目格が声をかけると、一斉にそれぞれ別の方に逃げ出した。が、わずかに逃げ遅れた者が、なぜかストンとその場に仰け反って倒れた。

その前に、三十絡みの羽織袴の侍が立った。逃げ遅れた者に、一瞬にして峰打ちを浴びせたのだ。すでに刀は鞘に戻っている。

「——おまえは……」

驚く篠原が凝視すると、一歩踏み出た侍の顔が、わずかに屋台の蠟燭《ろうそく》灯りに浮かんだ。凛とした顔だちで、いかにも武芸者らしい立ち姿の武士である。

「拙者、山根新八郎という者です。清住《きよすみ》の方で、梶派一刀流の道場をやっておりまして、この者たちは門弟です」

「ああ、もしや『錬武道場』の……たしか、角野が昵懇《じっこん》にしているという」

「はい。その忠兵衛さんに頼まれて、この辺りを見廻っていたのですが、騒ぎに気付くのが遅くなって申し訳ありません」

「角野が頼んだ、だと」

「詳しいことは知りませぬが、篠原様を守れと」

「俺を……」

篠原は一瞬、余計なことをするなと言いかけたが、素直に「助かった。かたじけない」と礼を述べた。新八郎は首を横に振り、

「それより、この者の素性を調べれば、篠原様の探索が一歩も二歩も進むのではあ

りませぬか。私の道場には、御家人の子弟も多くおりますれば、お役に立てて下さい」

「いや、それには及ばぬ。これは、町方に売られた喧嘩だ。俺に火を付けやがった」

怒りを抑えながらも、篠原は昏倒している浪人の覆面を剝ぎ取った。冴えない中年侍の顔をしていた。

「どうやら、金で雇われた貧乏浪人の類のようだな……一丁、絞り上げてみるか」

「………」

「やはり、角野は『柊屋』と小野寺左内様の切腹の繫がりを調べているようだな。もし、角野に会ったら言っておけ。公儀の探索に、おまえたちのような町場の者を、ましてや町人を巻き込むなとな」

「承知しました。ですが、篠原様、此度の敵は厄介そうです。御身のためにも、手勢を揃えておいた方がよろしいかと存じます」

「それが余計だというのだ。手柄は……」

「手柄は……」

「いや。なんでもない。山根とやら、おぬしの腕前は百も承知しておるが、それこそ角野に操られて、大事な命を落とすなよ」

篠原が警告するように言うと、新八郎は微笑み返して、

「忠兵衛さんのためなら、一命を投げ出すのは当たり前のことですので。それほど、昔から世話になっております」

と返してから、門弟たちに声をかけて一斉に立ち去った。

「——なんだ、あいつら……角野のどこがいいのだ……分からぬ」

まだちらついている粉雪を払うように、篠原は深い溜息をついた。そのとき、うっと気がついた浪人を足蹴にして、

「さてと。番屋でゆっくりと聞こうかのう」

と篠原は忌々《いまいま》しげに見下ろした。

四

その頃、『柊屋』の奥座敷では、不安そうな主人・新右衛門の顔が、行灯に揺れていた。五十絡みの細面は、常に眉間に皺を寄せて神経質そうであった。

「さっきから表が騒々しいですが、ケリはついたのですかな」

新右衛門が嗄れ声を洩らすと、目の前に座っていた着流しの侍が短い溜息をついて、傍らに置いている菅笠を不愉快げに叩いた。苛々しているのは、一気に篠原を殺すつもりであったが、仲間が失敗したからだ。

その様子を見て、新右衛門は苦笑を浮かべ、

「このままでは、まずいですな。松平様からお叱りを受けても、私は庇い切れませんよ、茅部《かやべ》様。どうやら、お仲間のひとりが、町方に捕まったようですな」

少し開けていた障子戸の外から、番頭らしき男が首を横に振っているのが見えた。

ゆっくり立ち上がった新右衛門は、障子を閉めて、

「どう始末をつけましょうかな。もし、捕まった浪人が喋ったら、私だけならいいが、松平様に迷惑がかかる」

と脅すように言った。

茅部と呼ばれた侍は小刻みに震えながら、

「待て……後は俺が何とかする」

「何とかする。この前も、そうおっしゃいましたがね」

「だから、今度は……」

「私も只《ただ》であなた様を雇っているわけではないのですよ。このままでは、御前に顔

向けてできませぬ。如何致しましょう」

新右衛門の方が明らかに〝格上〟の態度であった。

「あの一件は、永尋になったはずなのに、未だに定町廻り方がうろついてる。ということは、大岡越前は諦めていないことの証し。万が一のときは、あなた様に死んで貰うしかない」

「な、何をバカな……」

「でないと、小野寺左内を切腹に見せかけて殺したあなた様が、いつバラすか知れたものじゃありませんからねえ」

「さような心配は無用。俺と松平様は主君と家来も同然。固めの盃を交わしているのだ」

「ええ、知ってますよ。その腕を見込んで、痩せ浪人だったあなたを救ったのは、他ならぬ松平様ですから。佐渡奉行の折にね」

「分かっておるなら、そんな口の利き方をするでない」

「おや、私に命令するのですか」

ギロリと新右衛門が睨みつけると、茅部は目を思わず逸らし、

「そんなつもりは、毛頭ない」

「松平様が佐渡奉行だった頃、金山から採掘されて精錬された金の延べ棒や、佐渡で造られた小判を、出雲崎で扱っていたのは、この私です。そのことも覚えていますよね」

茅部は黙って頷いた。

佐渡の奉行所の隣に〝小判所〟がある。そこで金を溶かして、まずは延べ板にし、小判一枚の分量に切り分けて、成形してゆく。その後、薬品を塗って熱を加える〝色揚げ〟をして、まさに黄金色に仕上げる。その工程を請け負っていたのも、新右衛門に他ならない。

「その折、造った小判の量を誤魔化し、せっせと貯め込んだのが、松平様。それを裏で支えていたのが、私だ……切っても切れない関わりなんですよ」

「………」

「貯めた金があったお陰で、勘定奉行に成り上がることができた。だから、こうして恩返しをして下さる松平様には感謝です。あなた様も感謝して下さい。下手をすれば、水替人足にされてたのですからね」

新右衛門が自慢げに話していると、シッと茅部が指を立てた。気配を感じて、裏庭に繋がる板間にそっと歩いていき、思い切って障子戸を開けた。

そこには、誰もいなかった。が、人影がすでに裏庭を駆け去り、松の木に足をかけて、ひらりと塀に飛び上がり、猿のように飛び降りた。二八蕎麦の屋台の親父であることを、茅部は知らないが、町方の密偵に違いないと思った。

「まずいな……」

呟く茅部の背後に、新右衛門がいつの間にか立っており、

「ほんに、まずいですな」

と静かに言った。

振り返った茅部は苛立ちを隠せず、

「おまえが、余計な御託をペラペラ並べるからだ」

「ですな」

そう答えた瞬間、新右衛門は茅部の鳩尾《みぞおち》に柳包丁を突き刺して、そのまま押して庭に落とした。声も立てず仰向けに倒れた茅部を見下ろしながら、駆けつけてきた番頭に、

「涸《か》れ井戸に投げ捨てて、埋めておきなさい。どうせ人殺しで追われてた輩だ」

とだけ命じて、新右衛門は表情ひとつ変えずに、部屋に戻った。

翌日――。

永尋書留役の詰め部屋に入った忠兵衛は、異様な気配を感じた。いつになく湿っぽく、饐《す》えた臭いがした。

雪でじめついたせいかと思ったが、見廻すと、書庫の方には水が撒《ま》かれたように広がっており、足跡みたいなものも沢山ついていた。その上、書庫に整理してある綴り本が乱雑に投げ捨てられており、明らかに誰かが物色した痕跡があった。

「ここは、奉行所内だぞ。しかも、吟味方に近い所だから、容易に踏み込めるはずがないのに……誰の仕業だ」

忠兵衛が独りごちていると、篠原がひょっこりと顔を出した。

「よう。どうだった」

「何がです」

「惚《とぼ》けるなよ。河渕様に会いにいったのは、先刻承知の助だ」

「ああ、喧嘩別れしました」

「嘘つけ。釣り仲間で一番の仲良しらしいじゃないか」

「大丈夫ですよ。勝馬は置いてきましたので、篠原様が欲しい話は、奴が帰ってきたら、じっくり聞き出して下さい」

「俺は別にそんなつもりじゃ……」

誤魔化す篠原よりも、忠兵衛は目の前の〝惨劇〟が気になっていた。

「見て下さいよ、篠原様。何者かが、この部屋に忍び込んで、このザマです」

「――こりゃ、酷いな」

見廻す篠原の目にも異様に映ったに違いない。忠兵衛は目の前の書類の束を片付けながら、消えている裁許帳などに見当をつけていると、想像したとおり小野寺の切腹に関わるものだった。

「こんなに散らかさなくても、手前にあるのに……しかも、かなり焦って探したのか、水浸しだ。雪が雨に変わったから、今朝方にでも忍び込んだ者がいるってことです」

「奉行所に対して、ふてえやろうだな」

腕組みで嘆息する篠原に、半ば呆れながらも忠兵衛は言った。

「暢気《のんき》に構えてていいのですか。明らかに、勘定奉行の手先の仕業だと思いますが」

「おい。めったなことを言うな」

「篠原様もそう思ってるでしょ。昨夜の浪人者は何か吐きましたか」

「どうして、それを……そうか、山根新八郎が報せたのだな」

「危ういところでしたね」

「恩着せがましいんだよ。だが、お礼代わりに伝えとくが、浪人者は捕らえておいた大番屋の牢で、今朝方、死んでた」

「ええ……!?」

「これも、誰かにやられたんだろうよ。やはり勘定奉行の……かな」

大番屋の牢内に拘置している下手人を殺されるとは、町方の大失態だ。篠原の腹の中が煮えくり返っているのが分かる。

「それにな……茅部という、浪人どもの頭目がいるらしいのだが、『柊屋』に入ったまま、一向に出てくる気配がねえ。しかも、屋敷内にはいないようだ」

口をあんぐり開けている忠兵衛に、篠原は不気味な笑みを見せて、

「事件は、とんでもねえ方に向かってるな。犠牲は小野寺様だけではなくなった……おまえが下手に動いたからだ」

「私のせいですか」

「敵は町方同心なんぞ、屁とも思っちゃいないんだろうよ。だがな、こっちも銀蔵たちが、面白いことを調べてきてる」

篠原はそう言いながら、忠兵衛の肩を軽く叩いて、

「これは俺たちへの挑戦だ。だったら、こっちも褌《ふんどし》締め直して、徹底してやっつけてやろうじゃねえか」

と鼓舞するように言った。

「私はそこまでは……」

「たまには、手を組んで闘おうじゃないか。町方の意地を見せつけるためにな」

どうせ篠原は、自分の手柄が欲しいから、忠兵衛に近づいている。その魂胆は分かっている。それにしても、

——小野寺を切腹に見せかけて殺した。

浪人者たちを、黒幕とやらは、いとも簡単に口封じのために殺したに違いない。

篠原も忠兵衛も身を引き締めるのだった。

五

霧が晴れて、多摩川の川面には陽射しが広がっており、白鷺《しらさぎ》が心地よさそうに羽をばたつかせている。

酒を飲み過ぎて、二日酔い気味の勝馬は、庭先から増水している川を眺めていた。

「――ああ……頭が痛い……」

胸焼けも酷く、くらくらと目も廻って、立っているのも辛かった。座り込んでも頭の中は揺れている。勝馬が気持ち悪そうにしていると、早苗が酔い醒《ざ》ましにと梅茶と柿の実を持ってきてくれた。

「どうも済みません……あまり飲み慣れてないもので……ご迷惑をかけました」

「いいえ。主人がいけないのです。あんなに無理に」

「でも色々と大切なお話が聞けて良かったです。大丈夫です、覚えてますから」

「主人の方は、すっかり忘れてると思いますよ」

苦笑しながら早苗が渡した梅茶を、勝馬はゆっくりと味わうように飲み、甘い柿の実もじっくり噛みしめた。

「ああ……生き返った心地です……河渕さんもまだ蒲団の中ですか」

「いいえ。少し眠っただけで、まだ薄暗いうちから河原に出かけてますわ。雨の後は、よく釣れるからって」

「もう釣りに……元気ですね」

勝馬は頭を押さえながら、自分も行こうと気持ちを奮い立たせた。だが、早苗は温かいうどんを作ったからと差し出した。素麺のように細いもので、喉越しがよくて二日酔いにはたまらない朝餉だった。

屋敷から、そう遠くない土手から河原に降りた所で、河渕は釣り竿を投げていた。たしかに川は増水して、少し濁りがあって流れが速くなっている。そんな川の縁から、膝くらいまで入って、熱心に河渕は釣りをしていた。笠を被り、筒袖の漁服に胸当て、腰蓑に魚籠、足半《あしなか》という草履《ぞうり》を履いているので、遠目には川漁師にしか見えない。

近づいていくうちに、大きな山女魚らしき魚をひょいひょいと何匹か釣り上げた。その手際に、勝馬は圧倒される思いだった。

昨日と違って、滔々《とうとう》と流れる川の音のせいか、河渕は勝馬の気配に気付いていないようだった。脅かしては悪いと思って、しばらく様子を見ていると、

「よう。酒はまだ抜けぬようだな」

と振り返った。

「朝っぱらから、奥様に面倒を見て貰いました。ありがとうございます」

「おまえも、どうだ。釣ってみろ。増水してるから入れ食いだ」

河原に置きっぱなしの釣り竿が何本かある。その中から好きなのを選べと言われ

た勝馬が迷っていると、河渕は笑って、

「なんでもいいのだ。そもそも、釣りなんざ、芸事のように習って嗜むものではない。ただ好き勝手に楽しむものだ」

と言った。

勝馬は適当なのを手にして、毛針の付いた竿を水面に流した。すると、十も数えないうちに、一尺程もある大きな山女魚が引っかかった。慌てて引き上げると、水面でバチャバチャ跳ねている。

「おお。見事、見事。魚の喉元を親指で軽く押さえて、針を抜いてやれ」

「痛そうですね……」

「いや。魚の口には神経がない。痛いのではなく、吃驚《びっくり》して跳ねてるだけだ」

「そうなのですか」

「早くその魚籠に入れて、次を狙え」

「はい」

すぐに竿を投げた勝馬だが、今度はなかなか食いついてこなかった。その間に、河渕の竿には面白いほど、何匹も引っかかる。

「雨の後は、流下してくる小魚を狙う大きな魚も意外と潜んでるからな。でかい鰻も釣れるかもな。それに、今日のような〝笹濁《ささにご》り〟だと、鮎も狙えるかもな」

　水が少しだけ濁る様子が、笹の葉の色に似ていることから、〝笹濁り〟というのだが、かなりの釣果を期待できる。

　大雨で川が増水すると、魚は本流から支流に逃げ込む習癖があるという。だから、支流に足を運ぶ釣り師も多いが、河渕は本流にこそ、岩魚《いわな》や山女魚が流れてきていて釣れるというのだ。鯉も決して支流には行かず、川底にへばりついているという。

　川の流れは水面近くは速いが、底の方は河床との摩擦のせいで、意外と遅い。ゆえに、魚も流されにくいのだ。澄んだ渓流などでは、滝のように速い流れでも、底の方で悠々と泳いでいる魚をよく目にする。

「もっとも、支流で釣る方が危なくないからな。自分が流されては元も子もない」

　釣りに夢中になっている間に、気付いたら水嵩《みずかさ》が恐ろしく増してしまうことはよくある。だから気をつけろと、河渕はまるで弟子のように教えた。

「山女魚は足で釣れ。岩魚は石で釣れ……そういう格言があって、渓流の岩場を登っていかないと釣れないというが、今日のような川の流れの日は、ご覧のとおりだ」

　河渕は二日酔いなどまったくない姿で、嬉しそうに笑いながら釣り続けた。その近くに陣取った勝馬だが、最初の一尾だけで、なかなか二匹目が釣れない。

「――河渕様。ゆうべの話は本当のことですか」

「……」

「河渕様は本当は、漢学や儒学の学問で身を立てたかったこと、勘定所では不正がまかり通っていること、そして……奥様が不治の病に冒されていること」

勝馬は無礼を承知で訊いたが、河渕は釣りに集中している。あるいは川の音で、よく聞こえないのかもしれぬ。

「私は実は、学問が好きではありませんでした。楽しいと思ったためしがありません。ですが、武士として、役人として生きていくためには、出世しなければだめだと思いました。だから、一生懸命、勉学に励み、剣術の鍛錬をしました。それは……」

「……」

「それは、此度のような事件が起きたとき、知らぬ顔をしないで、真相を暴き、世を正す。そのために勉学したのに、放っておくのも、ひとつの方策だ、なんてことは間違っていると思います」

河渕に声が届いているかどうか分からないが、勝馬は強い口調で続けた。

「私は断じて、間違ったことを許してはならないと思います。たとえ相手が勘定奉行であろうと、御老中であろうと」

「よし、また来た！」

河渕がまるで手妻のように、次々と釣り上げるのを、勝馬は夢の中の出来事のように、ぼんやりと眺めていた。

結局、勝馬の釣果は最初の山女魚と、途中に二尾ほど引っかかった雑魚《ざこ》同然の小さなオイカワだけだった。河渕の方は、魚籠に入りきらないほど川魚を釣り上げた。

勝馬も手伝って両手に抱えながら、屋敷に向かう土手道で、河渕はふいに尋ねた。

「惚れた女子《おなご》はおるか」

「え……」

「まだ、おらぬ顔だな。出世のために勉学ばかりして、そっちの方は奥手なのかな」

河渕はにんまりと笑って、

「まあよい。いつかは必ず現れる。俺も早苗と出会うのは遅かった」

「はあ……」

「知らぬ顔をしないで真相を暴き、世を正すと申しておったが……」

「聞こえていたのですか」

思わず勝馬は、河渕の横顔を見た。

「うむ。もし妻子がおれば、どうする。真相を暴けば、女房子供も殺すと脅されたらどうする。脅しだけではない、必ず殺されることが分かったら、それでも勘定奉行の不正を公にできるか」

唐突な河渕の問いかけに、勝馬はしばらく考えていたが、

「――小野寺様は、そういう目に遭っていたのですか」

「いや、知らぬ」

「もし、それで切腹したのであれば、大間違いだと思います。私なら妻子も守り、不正も暴きます。青臭いと思われるでしょうが」

「うむ。実に青臭い」

河渕は笑ったが、まんざらでもないという顔つきだった。勝馬はからかわれたような気がして、少しムッとなって、

「ですが、此度は切腹ではなく、小野寺様自身が殺された疑いがあるではないですか。私は、勘定奉行の松平様は、どの道、小野寺様を消したかったのだと思います」

「そうかもしれぬな」

「では、河渕様なら如何なさるのです。もし、奥方様を殺されたくなくば、罪は見逃せと上役に迫られたとしたら」

「もちろん、女房のために、見逃す」

「ゆうべの話からは、そうは思えませんが」

「男は一番大切なものを守る。それだけだ。女房子供を犠牲にして真実を暴いたり、武士の一分《いちぶん》とやらで切腹をすることもあろう。それは、人それぞれの考え方だ。しかし、己にとって、一番大切なものを守ることには、違いあるまい」

「禅問答のようですね……」

勝馬はやりきれない気持ちで、行く手を見やると、早苗が心配そうに待っていた。

「あの姿を見ると、そんなに体が悪そうには思えませぬが」

呟く勝馬に、河渕は返した。

「お互い口には出さぬが、早苗も勘づいておる。自分の体のことだからな」

手を振る早苗の笑顔が愛しいと、河渕は思っていた。その気持ちが、勝馬にも痛いほど分かった。たった一夜の付き合いにすぎないが、勝馬は初めて、人との深いふれあいを感じた気がした。

早苗の横に、八田錦の姿が立った。

「あれ……何で〝はちきん先生〟がこんなところに」

「〝はちきん先生〟……？」

「ええ。町奉行所の与力や同心がめろめろの、男前な女医者らしいです」

「ほう。たしかに美形だな」

屋敷に戻った河渕は、大漁の獲物を見せびらかして、食べきれないだろうから、近在の人々にお裾分けをした。

すぐにでも刺身や炭焼き、天麩羅、煮つけなどにしてくれと、早苗に頼んだ。料理好きの早苗はいつものことながら、喜んで言われるとおりにした。錦も手伝って、三人分にしては多すぎるほどの、料理が出来上がった。

まだ酒は抜けぬし、日が高いというのに、河渕は飲み始め、勝馬もまた強引に付き合わされたが、今度は錦も加わった。

錦は周りから笊《ざる》とか樽と言われるほどの酒豪で、杯は面倒だからと湯呑みで何杯も呷っているが、まったく顔色も変わらなかった。河渕もそれが気に入ったのか、あっという間に意気投合した。

「いやあ、酒と美人は相性がいいなあ」

河渕が調子に乗って言うと、錦は男っぽくポンと肩を叩いて、

「奥方様と晩酌できて羨ましい。この色男めが」

「ハハ。忠兵衛殿には楽しい仲間がいるものだ。羨ましい」

楽しそうに河渕が言うと、勝馬は仲間ではないと頑《かたく》なに否定した。だが、錦は男としても人間としても素晴らしいと、忠兵衛を誉めちぎった。河渕もそれには納得して、

「ああ、そうともよ。奴は釣り以外に、これといって優れたところはないのだが、なぜかは分からぬが、惚れてしまう……〝醒める時は同《とも》に交歓し、酔うた後は各々分散す、永く結ぶ無情の遊を相《とも》に期《き》さん、遥かなる雲漢で〟……ってとこか」

と言うと、早苗が笑いながら、

「なのに、あんな帰し方をして。あなたは酷い人ですよ」

「その忠兵衛さんから、頼まれてきたことがあります」

錦は真剣なまなざしになった。大酒は飲んだが、決して酔っ払ってはいない。

「ひとつは河渕様に、言い過ぎたと謝りたいとのことです」

「自分で謝りに来いと言え」

「ですね。そして、もうひとつは、奥方様をもう一度、きちんとした医者に見せ、病を治して欲しいとのことです」

「はい。そのために、まずは私が来ました」

早苗に向かって錦は頷いてから、

「先程、触診しましたが、たしかに奥医師の診断に間違いはないでしょう。でも、蘭方医術なら、薬ではなく、外道にて治す手立てがあります」

「外道……」

「はい。体を少し切って、悪い腫れ物を取り出します。我が国ではまだ例が少ないですが、長崎では行われております」

真剣なまなざしで、錦は河渕に訴えた。

「私も施術をしたことがあります。師の松本順庵《まつもとじゅんあん》先生のもとでですが、今は江戸におりますので、ぜひ考えて下さい。これからも、毎晩、美しい奥方様と晩酌するために」

将軍吉宗は自分が将軍の座に就いた頃、伝染病が流行っていたので、丹羽貞機《にわていき》や野呂実夫《のろじつぷ》ら医師に命じて、すぐさま薬草園を造り、『普救類方』という医学書も編纂した。此度の飢饉後にも疫病が流行することが予想されるため、応急のための『救民薬方』という本を諸国の村々に配った。

その一方で、蘭学に詳しい吉宗は外科手術も取り入れるべく、奥医師たちに研究させていた。杉田玄白《すぎたげんぱく》らによって『解体新書』が翻訳されたり、華岡青洲《はなおかせいしゅう》が麻酔薬を使って手術をするのは、まだ数十年後のことだが、長崎では外国人医師により行われていたことである。

「松本先生の腕は確かです。どうか、師にゆだねてみてはくれませぬか」

錦の必死の説得に、河渕はどう答えてよいか迷っていた。

「奥方様は、受けてもよいと、先程、話してくれました」

「えっ……まことか、早苗……」

すぐに、早苗は爽やかな笑顔で答えた。

「はい。私が生き続けていれば、あなたは無用な仇討《あだう》ちをせずに済みますから」

「なんだと」

河渕は意外な目で、早苗を凝視した。

「どういうことだ。何の話だ」

「——何年、あなたに寄り添っていると思うてるのですか。胸の内くらい、分かります。何をしようとしているかも」

「……」

「同じ事を忠兵衛様も感じて、ここまで足を運んでくれたのだと思います」

早苗の表情から、笑みが薄らいで消えた。そして、これまで見せたことがないような、切羽詰まった顔になって、

「余命幾ばくもない私とここで暮らし、そして逝った後に、あなたは小野寺様の仇討ちをして、自分も切腹するつもりです」

と毅然と言った。

「仇討ちの相手は、勘定奉行の松平政澄様と柊屋新右衛門のふたり。それで、幕府内の膿《うみ》を出し、自刃に見せかけて殺された小野寺様の無念も晴らす」

「……………」

「それで、あなたはご満足かもしれませんが、本当に膿は出し切れるのでしょうか。第二第三の松平様が出ないとも限りません。本当に洗浄するためには、真相を暴き、法で裁かねばならないのではないでしょうか」

鬼気迫る早苗の姿に、河渕は圧倒されていた。

「早苗……」

「私は、あなたが正々堂々と、すべてを明らかにし、不正を正す姿を見とうございます。そのために、この若き錦先生を信じ、松本先生の外道を受けてみようと決意

しました」

「……」

「一か八かに私は賭けます。私が死んだら、お好きにして下さい。でも、生き長らえたら、仇討ちは諦めて下さい」

河渕は我が妻の切迫した様子に打たれたように、凝視したままである。勝馬も傍らで、言葉もなく見ていた。

錦が優しい声を、河渕にかけた。

「必ず奥方様はお救いします。ですから、奥方様や忠兵衛さんの懸念を、払拭してあげて下さい。よろしくお願い致します」

勝馬はふたりの女の前で、たじろぐほど打ち震えていた。

そして、脳裏の片隅では、

——もしかしたら角野さんの〝深慮遠謀〟があったのではないか、そのために自分を河渕に会わせたのではないか。

と感じていた。

六

江戸に舞い戻った勝馬は、猛然と小野寺の一件につき再探索を始めた。人相まで変わっている勝馬を見て、何か摑んだに違いないと、忠兵衛は思っていた。

篠原も、勝馬の何かに追い立てられるような態度に気付き、

「やる気になったな、北内。まずは河渕様から仕入れたネタを聞かせて貰おうか」

と尋問するように訊いた。が、勝馬はあっさりと、

「これは永尋の一件ですので」

「何があった。おまえらしくないぞ」

「私らしくないとは、どういう意味でしょうか、篠原様」

真剣なまなざしを向ける勝馬を、篠原は訝しそうに見て、

「おい、大丈夫か。熱があるのではないか」

「大いにあります。小野寺様の無念を晴らすという、大いなる熱が」

一瞬、言葉を失った篠原だが、やはり何か重要な証拠を摑んだと睨んだ。

「どうして、そこまで思うのだ」

「詳しくは私にも分かりません。ただ……河渕様は、小野寺様の死の真相を知りながら、わざと〝くらがり〟に落とした。その上で、自分で決着をつけるために」

篠原も言わんとすることは察して、

「そうか。ならば、定町廻りだの永尋だのと言っている場合ではない。俺もまったく同じ気持ちだ。よく聞けよ」

と奮い立たせるように言った。

「小野寺様を襲った浪人のひとりは、牢内で何者かに殺された。そして、その頭目も両替商の『柊屋』の中で、恐らく殺されている」

「そうなのですか。ならば、すぐにでも『柊屋』に乗り込んで、その証拠を」

「慌てるな。ここは一気に、本丸を攻めるのに限ると思う」

「本丸……」

「ああ。外濠《そとぼり》を埋めたところで、本丸が落とせなければ意味はない。不正を働いたのは勘定奉行であり、殺しを命じたのも勘定奉行なのだからな」

「確たる証拠があるのですか」

「ない。そこで、おまえの出番だ。いいか、よく聞け」

篠原は、まるで自分の手下のように、勝馬に命じた。勝馬の方も何を命じるのかと、真剣に聞いている。

「まずは、勘定奉行の松平政澄様の屋敷に盗っ人を入らせる。不正に関わる書類を盗み出すのが狙いだ。だが、失敗して、その盗っ人を捕らえさせる。あるいは殺させる。さすれば、町方も介入せざるを得ない。そこで……」

続けようとする篠原を、勝馬は制するように言った。

「罠《わな》を仕掛けろと言うのですか」

「そうだ。一筋縄ではいかぬ奴が相手だからな」

「お言葉ですが、そんな幼稚な手には乗らないでしょう」

「幼稚だと。おまえ、俺をバカにしてるのか」

「今、不正に関わる書類とおっしゃいましたね」

「ああ、そうだ。それさえ手に入れれば、ぐうの音も出ないだろう」

「その書類や帳簿については、すでに河渕様より手に入っております。小野寺様が亡くなる前に、密かに河渕様に託したものです」

「ええ!? それを先に言え」

「ですが、河渕様はそれを表沙汰にしたところで、松平様が知らぬ存ぜぬを通せば意味がない。だから、自分で始末すると覚悟していたのです」

「覚悟とは」

「——それは、私が言うべきことじゃないです。でも、小野寺様が残した一切の不正に関わる帳簿などは、角野様の手から、お奉行様に届けられております」

「お、大岡様に」

阿呆《あほう》のように繰り返す篠原を、勝馬は見つめながら、

「余計なことかもしれませんが、今、篠原様がなさるべきことは、『柊屋』の方をもっと探ることかと存じます」

「なぜだ」

「もし、『柊屋』の何処かから、殺されたと思われる浪人を見つけ出せば、それだけでも、お縄にできると思います。後は、なぜ殺したか、命じたのは誰かをじっくり問い詰めていけば、自ずと松平様に辿り着くかと」

勝馬がじっくりと述べることを、篠原は頷きながら聞いていたが、

「そんなことは、おまえに言われなくても分かっておる。よいか、角野に伝えておけ。決して先走るなとな」

「大丈夫です。小野寺様の切腹については、今日にでも評定所にかかると思います」

「なんと、まことか」

「ですから、篠原様は柊屋新右衛門が雲隠れしないように捕らえて下さい。重大な証人ですからね」

「よし、分かった」

篠原の方が命じられたかのように、一目散に『柊屋』に向かい突っ走るのであった。

江戸城辰ノ口《たつのくち》評定所の審議席には、月番の大岡越前を中心に、寺社奉行の堀内播磨守《ほりうちはりまのかみ》、勘定奉行の松平政澄、そして大目付の大河内飛騨守《おおこうちひだのかみ》、目付の稲葉智右衛門《いなばともえもん》が居並んでいた。いわゆる五手掛りである。

その他に、勘定奉行の属吏から出向してきた勘定組頭や留役勘定、寺社奉行吟味物調役らも臨席し、評定所役人の改役や書物方、同心など総勢、二十人余りが立ち会っている。この物々しい光景は、

——厳《いか》めしい顔の並んだ評定所
と誰が詠んだか、川柳まで残されているほどだ。

今でいえば、最高裁判所であり、幕政に直に関わる三奉行に跨《また》がる事件、大名や

幕臣の不正に纏わる事件、町人が訴人であっても幕臣や大名家臣と繋がる事件、遠国奉行が裁決できぬ難事件、庶民間の吟味筋でも奉行が単独では扱えぬ事件、御定書百箇条との矛盾がある難事件などを扱う。

しかも、吉宗は将軍になった際、これまでの曖昧な文書管理と財務管理、統計の不備などを踏まえて、刷新した。殊に、文書管理は重要な政策課題だった。

法と官僚による国家支配を基礎から固める文書は、〝享保の改革〟において整備された。記録、公文書、古文書の保管所を設け、慣例を重んじるとともに、後世に正確な史料として残すためである。

それには、「御《ご》勘定所《かんじょうしょ》勤方《つとめがた》之《の》覚《おぼえ》」のような役所の仕事の記録のみならず、「諸《しょ》向《むかい》壱《いっ》ケ《か》年分《ねんぶん》定式《じょうしき》御《おん》極《きわめ》高《だか》大概《たいがい》之《の》覚《おぼえ》」のような部局制の予算額などを記した文書も保存した。どのような政策が計画、実行され、何処にどれだけ費用がかかり、損をしたか残余があるのかなどを詳細に残したのだ。

これらは、後で使い道について将軍や幕閣、評定所などから問い合わせがきたり、疑義を挟まれたりした際に説明するためのものである。殊に、倹約政策をとった吉宗に築き上げられた公文書のあり方は、後に〝寛政の改革〟を実践した松平定信《さだのぶ》にも引き継がれたほどだ。

今般の「小野寺切腹の件」については、公儀の援助金に対して、正確な文書と帳簿が残されていないのが問題となった。

「単刀直入に申し上げる」

進行役の大岡が一同に向かって、朗々とした声を発した。

「此度の災害に対する援助金につき、明らかな不正が発生しております。商人や庶民に渡る金銭のうち、およそ一割に及ぶ金が、手数料として、両替商『柊屋』に渡っているのです。これにつき、勘定奉行・松平政澄様より、ご説明戴きたい」

大岡の指名を受けて、松平は当然のように軽く頷いた。どことなく公家などの貴人のような風貌で、声も落ち着いている。だが、切れ長の目尻には、その意志の強さが感じられた。

松平は前代未聞の飢饉に対して、病人や貧民救済はもとより、当たり前に暮らしていた人々の暮らしの立て直しのために、必要な金額を勘定所をあげて算出し、足らざるところに隈無く行き渡るよう指揮したと話してから、『柊屋』のことを持ち出した。

「ご一同、ご存じのとおり、『柊屋』は佐渡金山から産出される金の精錬から、造幣までを管理していた公儀御用達の商人です。身共が佐渡奉行のときには、色々と世話になった」

「その『柊屋』の主人、新右衛門が江戸にて両替商を始めたのは、貴殿が勘定奉行になってからのこと。江戸にて商いをすることになったのは、何故でござろう」

大岡が問いかけると、松平は首を傾げ、

「それは、新右衛門に訊くのが筋でござろう。ですが、あえて申し上げれば、江戸店を出すことで、信頼を得たいとのこと」

「公儀の金を預けた理由を、お聞かせ願いたい」

「江戸の町人のみならず、関八州の幕府の御領地の隅々の人々に、援助金を行き渡らせるには、その地その地における細やかな仕分けが必要でござれば、勘定所の役人数十人だけでは、到底、こなすことができませぬ」

「それで、『柊屋』を使ったと」

「さよう。かの新右衛門は、小判造りや管理の際、江戸から届く、天領全般と江戸の積高《つみだか》、つまり細かな財務を担っておりました。その折の処理に長けておりますれば、雑務を命じたのでござる」

「これは異な事を」

大岡はじっと松平を見据えて言った。

「江戸のことならば、町年寄の奈良屋《ならや》、樽屋《たるや》、喜多村《きたむら》の三家に命じ、関八州ならば勘定吟味役も兼任している関東郡代の伊奈忠逵《いなただみち》殿に依頼するべきではありませぬか」

「いや、それが……役人というものは、大岡殿もよくご存じのとおり、前例だの慣例だの、上役の決裁がどうだのと、のらりくらりと仕事が進まぬ。此度のことは、一刻を争うゆえ、身共がそう判断したのだ」

「だが、江戸町政ならば、町年寄を筆頭に、江戸市中には大勢の町名主、長屋の大家などが住人のひとりひとりを把握しており、問屋組合もすべての商家を網羅している。関東に当たっては各地の代官が、村方三役を使って、すべての住人を知悉《ちしつ》している」

大岡は語気を強めて、自説を明快に語った。

「つまり、年貢や冥加金《みようがきん》の逆の道筋を辿って、適宜、支払えば済む話でござる。それを、わざわざ『柊屋』に一万両もの手数料を払って、公金を配るとは、これこそ前代未聞」

その話に、寺社奉行や大目付ら他の臨席していた役人たちも、思わず声を洩らした。一万両の法外な手数料に、改めて誰もが驚いたからである。

だが、松平は平然と言い返した。

「人にものを頼むのに、ただで、というのは如何にもさもしい考えではございませぬか。それに、役人に代わって、大勢の手代らがすみやかに仕事をするのですぞ。しかるべき報酬を与えるのは当然の理でござろう」

「では、この金は何でございまするか」

大岡は廊下に控えている評定所役人を見て、目顔で頷いた。すると控え室に行き、しばらくして、ひとりの男を連れてきて末席に座らせた。そして、役人は松平の前に文箱を届け置き、すみやかに引き下がった。

「松平様。この者はご存じですな」

険しい目つきのまま、大岡が声をかけたが、松平は惚けて、

「はて……身共は存ぜぬが……」

と答えた。

「御殿勘定所に長年、勤め、小野寺左内と同じ、支配勘定にまでなった河渕隆信でござる。まこと、知らないのですかな」

「支配勘定は御家人の役職。身共は旗本職の勘定組頭にしか会わぬのでな」

「妙ですな。河渕は、小野寺と一緒に、佐渡奉行だった頃の貴殿と、幕府に搬入す

る小判について話し合うために、何度も会っているはずですが」

「……」

「小野寺の方は、出雲崎まで出向いて『柊屋』とも面識があるはず。貴殿が勘定奉行になってからも、小野寺は、『柊屋』との繋ぎ役まで仰せつかっていた。その際、そこな河渕も同道し、会っているはずだが」

「これは失念しておった。面識があったのならば、申し訳ない。で……その御家人が何だと言うのですかな」

白々しい顔になって、松平が問い返すと、大岡は文箱の中を見てくれと言った。すぐに松平が手にとって眺め始めると、

「河渕。その書類と帳簿につき、ご一同に説明をするがよい」

と命じた。

場所柄、緊張を隠しきれない河渕だが、評定所には、役人として何度か臨んだことはある。息を吸って気持ちを抑えると、毅然とした態度で話し始めた。

「それは、亡き友、小野寺左内が殺される前に、私に密かに届けていたものです」

殺される――と、あえて言ったことに、評定所一同は気色ばんだ。

「小野寺は、それを出入りしていた『柊屋』から見つけました。それを、あなたに

見せれば破棄されると思い、自宅に隠したまま、直訴に及びました。公金を庶民に配ることに寄せて、『柊屋』を儲けさせるようなことは、よして下さいと」

「……」

「ですが、あなたは無視した。そこで、小野寺は、善処しなければ、出雲崎で柊屋新右衛門と結託して為していたことも、すべて公にすると脅しました」

「……」

「案の定、小野寺は、切腹に見せかけて殺されました。あなたの家臣や浪人どもに……そのことを事前に察していたのでしょう。あなたが、佐渡金山から密かに手にした金の延べ板や小判は三万両にも上ります。それを誤魔化すための書類と帳簿を、小野寺は私に託しました……自分に何かあったら頼むと」

河渕は言葉を嚙みしめるように話すと、評定所一同は異様な緊張に包まれた。

だが、松平は失笑して、目の前の書類と帳簿を床に投げつけた。

「これは何の座興だ、大岡殿。かような評定を開いたのは、身共を貶《おとし》めるためなのか。ふざけるのも大概にして貰いたい」

松平はスッと立ち上がって、評定所一同に声を張り上げた。

「この書類や帳簿とやらは、白紙ではないか。何も書かれておらぬ。一体、何の真似だ」

　それに対して、河渕が答えた。

「どうせ、知らぬ存ぜぬと言うと思っていたからです」

「なんだと」

睨みつける松平に、河渕も鋭い視線を返して、

「小野寺の無念を晴らすために、私は……私は、ずっと耐えていた。できることならば、今この場で……」

と脇差しに手をあてがおうとしたが、大岡は制止するために、強い声で言った。

「篤《とく》とご覧あれ、松平殿。そこには、貴殿が幕府に入れるべき金銀を誤魔化して、手にした金額が記されている」

「もうよい。堀内様、何か書かれておるかな」

松平が書類と帳簿を拾って、寺社奉行に見せると、その隣にいた大目付の大河内も覗き込んで、ふたりとも「何も書かれていない」と首を横に振った。

「大岡殿。もう悪ふざけはやめにして、評定を終えるしかないな」

　と小馬鹿にしたように松平が言ったとき、またもや評定所役人が廊下から駆けつけてきて、大岡に耳打ちをした。

「構わぬ。通せ」

大岡が頷くと、縄をかけられた柊屋新右衛門が、篠原に引かれて、評定所前のお白洲に連れてこられた。

その姿を見て、松平は驚愕の顔になったが、努めて平静を装っていた。

篠原は深々と平伏して、大岡の許しを得てから、申し述べた。

「この柊屋新右衛門の屋敷を探ったところ、浪人者が涸れ井戸に埋められていたのが見つかりました。吟味したところ、松平様の家臣が来てやったことだと白状しました」

「なにをバカな。そんなことを、するわけがない」

松平はまたしても大声をあげた。だが、新右衛門が悲痛な顔になって、

「本当でございます。大番屋の牢に捕らえられた浪人も、松平様の手の者が殺しました。小野寺様を殺した件の口封じにです……私もずっと脅されて、怖かったのです……佐渡金山でのことは黙っておけ。その代わり、一万両をやると。援助金の手数料として払うから、問題はないと」

と震える声で言うと、松平の表情は俄に鬼のように変わった。

「なにを出鱈目ばかり。浪人はおまえが雇ったのではないか。小野寺を殺したのも、

おまえだ。後始末をしてやった身にもなれ」

　興奮する松平に、大岡は静かに訊いた。

「小野寺を殺したのは、こやつだと証言なされるのですかな、松平様は」

「あっ……」

　松平は思わず自分の口を塞いだ。大岡は確かめるように、もう一度、訊いた。

「小野寺様は切腹したのではなく、殺されたのだと認めるのですな」

「……」

「後始末のため、わざわざ家臣を小野寺の屋敷に送り、切腹に見せかけた上で、家探しをして、裏帳簿なども始末した……はずだった。だが、こうして、詳細な書類と帳簿は残っていた」

　大岡は別の書類と帳簿を出して、改めて松平に見せつけた。

「これこそ、河渕が小野寺から預かったものだ。帳簿の筆跡は、そこな柊屋新右衛門のものと一致しておる。つまり、松平殿と新右衛門の深い関わりが、きちんと残されておるのです。まだ白を切りますか」

「違う。そもそも、儲け話を持ちかけてきたのは、新右衛門の方だ。奴こそ、身共を脅しておったのだ。一万両寄越さないと、着服していたことをバラすぞと」

松平は醜いほど自分には非はないと訴えたが、もはや誰も信じてはいなかった。新右衛門の方はずっとほくそ笑んでおり、

「下手をこきましたね、松平様……何が、すべては儂《わし》に任せろだ。勘定奉行になれたのは、誰のお陰だと思ってやがる」

と吐き捨てるように言った。

数日後――。

忠兵衛はぽつねんと、永代橋の下辺りで竿を投げていた。汽水域には色々な魚がいるので、大きめの鱸《すずき》を狙っているのだ。

だが、竿の先に気迫が足りないのか、一向に掛かる気配がなかった。

「珍しいですね。引きがこないなんて」

川沿いの小径を危なげに歩いてきたのは、勝馬であった。手には釣り竿を持っているが、川釣り用の細いもので、しかも毛針である。

「それで何を釣るつもりだ」

忠兵衛が竿先を見たまま言うと、勝馬は素っ気なく、

「別に。ただ、垂らしてみたいだけです」

「どうして」

「特に理由はありませぬ」

「頭の良い奴が、訳も道理もなく、得にもならぬことなどやるものか」

嫌味を言うつもりはないが、忠兵衛はつい愚痴のような口調になった。

「手柄が篠原様に行って、ご不満ですか」

「そうじゃない。当たりは時々あるのに、まったく釣れないからだ」

「集中に欠けるからでは。河渕様が釣りをするときの姿は、その鬼気迫るもの、半端ではありませんでした」

「で、おまえも釣りを始めたのか」

「一々めんどくさいな……」

舌打ちをした勝馬を、忠兵衛はチラリと横目で見た。

「聞こえるぞ」

「――聞こえるようにやったんですよ」

「素直じゃないねえ。釣りのイロハから教えてくれって頼め」

勝馬はまた舌打ちしてから、

「〝はちきん先生〟の所に立ち寄ってきました。松本順庵先生による外道は、うまくいったそうです」

「うむ。そりゃ、良かった。河渕様も喜んでるだろう」

「まだ予断は許さないそうですが、安堵しました」

「これで、河渕様も本当に隠居できるってものだな。奥方様をゆっくり養生させながら、釣り三昧も悪くあるまい」

「ですね」

微笑む勝馬を、もう一度チラリと見て、忠兵衛は少し気味悪そうに、

「素直なのも、なんか落ち着かないな」

「どっちが良いのですか」

勝馬が訊き返したが、それには忠兵衛は答えず、

「しかし、釣れねえなあ……」

とぼやいた。

「——終年客無く、長く關《かん》を閉ざし、終日心無くして、長く自ずから閒《かん》なり。妨げず酒を飲み、復《ま》た釣《つり》を垂るるを、君但《たよ》だ能く来らば、相往還せよ」

「おまえまで……なんだそりゃ」

「王維《おうい》ですよ。暇だから、釣りでもしに来てくれって、河渕様の気持ちですかね」

「あんな遠くはもう御免だ」

「釣れないのはもしかして、わざとですか、角野様……錦瑟《きんしつ》端無《はしな》くも五十弦、一弦一柱、華年《かねん》を思う……仲良く一緒に奏でていた五十弦の琴を弾くと、亡き妻を思い出すって歌です」

「……」

「思い出は、誰にも壊せやしないってね」

「女房との思い出はないなあ……忙しすぎて顧みなかった」

「えっ。角野さんが忙しいなんて、嘘でしょ」

勝馬はからかうが、忠兵衛は笑いもしなかった。珍しく釣れない日だが、事件がすべて解決して、良きことも沢山あったと忠兵衛は思っていた。

その横で、勝馬も、やはり引きがこない竿先を眺めながら、ずっと座っていた。

夕陽が眩しい海面には、沢山の海鳥が大声で鳴きながら舞い降り、嘴《くちばし》で魚をくわえては飛び去っていっていた。

第四話　百年の仇《かたき》

一

雲が重く垂れ込めて、パラパラと雨が落ちてきた。

日本橋川に架かる橋の上では、往来する人たちが慌ただしく小走りになりはじめた。その中に、ひとりだけ濡れるのも構わず、やけに堂々と歩いている侍がいた。

着流しの浪人で、武骨な顔つきには気迫が籠もっており、すれ違う者が見ると、避けてしまうくらいであった。

今ひとり、その浪人の前に立つ侍がいた。こちらは羽織袴姿の若武者で、精悍《せいかん》な顔だちは、なかなか意志が強そうだった。前方から来る着流しの浪人を強い目力で睨みつけ、

「南部《なんぶ》浪人・倉田左馬之助《くらたさまのすけ》だな。拙者、津軽藩追手番《つがるおってばん》・工藤誠吾《くどうせいご》」

「……」

「見覚えがあるであろう。ここで会ったが百年目、主君である津軽藩郡《こおり》奉行・鹿内大膳《しかうちだいぜん》の仇討ちをさせて貰う」

半身に構えるなり抜刀し、上段に振り上げた。

「いざッ。尋常に勝負しろ」

倉田と呼ばれた浪人の方は、昼間なのに少し酒が入っているのか、人を食ったような目つきでしゃっくりをして、

「若造。さようなまくら剣法では、俺を斬ることはできぬ。稽古をして出直せ」

と余裕の言い草だった。

「ならば遠慮はせぬ。覚悟しろ」

気合いとともに工藤誠吾は、倉田左馬之助に斬りかかった。だが、微かな切っ先の動きを見抜いて避けると、倉田は軽く誠吾の背中を押しやった。明らかに腕の違いがある。

振り返り様《ざま》、誠吾は袈裟懸けに斬り込んできたが、それもすんでのところで倉田は避けた。だが、ほんのわずかに袖口が裂けて、手にしていた徳利《とっくり》を落とした。

「喧嘩だ、喧嘩だッ」「仇討ちだぞ！」「危ないから逃げろ、逃げろ！」

通りかかった出商いや職人、町娘などは声を張り上げながら、橋から逃げ去った。ほとんどの人たちは、袂まで引き揚げ、橋の上で睨み合ったふたりを見ていた。近くの番小屋から、町方役人たちも駆けつけてくる。

「やめろ。仇討ちは御法度だぞ！」

役人たちが声をかけたが、倉田と誠吾は睨み合ったまま間合いを取っている。

「死ぬがよい。冥土で鹿内大膳様に詫びるがよい！」

誠吾がパッと踏み込もうとしたその時である。

――ゴゴゴ、ガガガ、ダダダ、ゴウゴウ！

物凄い音がして、突然、大きな地震が起きて、橋を激しく揺るがした。

袂近くにいた人々は逃げ出し、役人たちは踏みとどまった。大勢の人々が立っていられなくなり、その場にしゃがみ込んだ。

さらに異様な音がし始めた。ギシギシと材木が擦れる音がし、急に橋が傾き始めた。たまらず、倉田と誠吾も近くの欄干に手を伸ばそうとしたが、次の瞬間、轟音とともに橋桁が崩れ、たちまち落下した。

悲鳴とともに橋と一緒に川に落ちた数人の人たちの頭上には、筋交いの材木や板が無情にも落ちてきた。

一瞬にして、地獄絵図となった川面には、気を失って流される人や溺れそうで足《あ》掻《が》いている人もいる。騒然となった景色の中、仇討ちで対面していたふたりの姿も、材木や水に飲み込まれたのか、見えなくなっていた。


どれほど時が経ったか――。

倉田は激しい頭痛で目が覚めた。何処か分からぬが、きちんとした蒲団に寝かされていた。消毒のためなのか、きつい焼酎や苦い薬草を煎じた臭いが漂っている。

起き上がろうとしたが、利き腕の右腕には板が添えられて包帯で固定されており、ガンガンする頭も晒しでぐるぐる巻きにされていた。腰の辺りも鈍痛がして重く、自由に体が動かせなかった。

――そうか……。

大きな地震があって、橋が落ちたのだったなと、倉田は思い出した。

「お目覚めですか」

覗き込むように顔を近づけたのは、番所医でもある八田錦であった。ニッコリ微笑みかけると、倉田は冗談交じりに、

「極楽に来たのかと思うたが、やはりそのようだな。この世のものとは思えぬ、美しい観音様が迎えて下さった」

「あら、まあ。それだけお世辞を言えるなら、大丈夫ですね」

「ここは……」

「私の診療所です。落ちた橋から、近い所ですから、数人、担ぎ込まれましたが、あなたは運が良かった。あんな大きな重たい橋桁の下敷きになりながら、こうして生きてる」

「……」

「下が川だから良かったのですね。もし地面だったら、頭が潰れてたでしょう」

「他の人たちは……」

「みんな、軽い怪我で済みましたよ。あなたたちのお陰でね」

「——俺たちのお陰……？」

「覚えてませんか」

錦がじっと目を見て問いかけると、ズキンと頭痛が走ったのか、倉田は眉間に皺を寄せたが、はっきりと言った。

「そういや、誰かに仇討ちだと斬りかかられたが……そいつは、どうなった」

「頭も大丈夫そうですね」

微笑んだ錦を、倉田は不思議そうに見ている。

「仇討ちがあったお陰で、通りかかった人たちはほとんど橋の袂まで逃げてました。たまたま川船も通っておらず、橋が落ちて犠牲になったのは、あなたたちを含めて五人。大怪我をしたのは、あなたたちふたりだけです」

「あいつは……たしか、津軽藩の奴だと名乗ったが」

「名前は覚えてませんか」

「忘れた……命を狙われる謂れはない……で、そいつは」

「無事です。生きております。でも、今のところ意識はなく、体も動かせません。あなたよりも、かなり重篤です」

「そうか……」

倉田は曖昧に頷いて、天井を見上げた。そして、これまでの来《こ》し方《かた》を、ぼんやりと思い出していた。

「何か……？」

錦が問いかけると、倉田は「ひとりにしてくれ」と言った。

「何かあったら呼んで下さいね。見習い医師や手伝いの女たちもおりますので」

怪我の様子を確認して、錦が立ち去った。

倉田は天井を見つめたまま、

――津軽藩追手番・工藤誠吾……郡奉行・鹿内大膳……。

と口の中で呟いて、深い溜息をついた。

今は浪々の身だが、かつて倉田左馬之助は、若くして陸奥《むつ》南部藩、つまり盛岡《もりおか》藩の次席家老並《なみ》にまでなった男である。だが、陸奥津軽藩、つまり弘前藩の郡奉行、鹿内大膳と通じているという疑いを藩主から抱かれ、津軽藩領内に逃亡するということとなった。

だが、津軽藩の方からも、倉田は南部の密偵として追われる身となった。

「――どこで、どう間違ったか……」

倉田は深い溜息をついた。

世に言う〝檜山騒動《ひのきやま》〟に関わったのが始まりだった。津軽藩と南部藩の国境《くにざかい》には、烏帽子岳《えぼしだけ》という山がある。この一帯では良質の檜が伐採されることもあり、両藩の間では長年にわたる国境を巡る抗争があった。

津軽氏は元来、南部氏の支族であった。だが、戦国の世に、津軽が勝手に独立した上に、時の権力者、豊臣秀吉《とよとみひでよし》に取り入って、完全に〝津軽国〟となったのだ。

御家の独立だけならば構わないが、豊かな平野が広がる領地まで奪われてしまった南部氏としては、末代まで深い恨みを抱くことになったのである。

つまり、恨みを抱いているのは南部側であり、津軽側ではない。

さらに、十年以上前、津軽藩と南部藩の間で、大きな揉め事が起こった。

事の発端は、幕府から両藩に対して、檜を献上せよと命じられたことに遡る。南部藩はそれが領民の重い負担になると考え、

——南部藩内には良い檜がないので、遠慮致す。

と申し出た。すると、幕府は津軽藩に、南部藩のぶんも負担せよと命じた。一計を案じた津軽藩は、

——南部藩に檜がないということは、この烏帽子岳に生えている檜は、津軽藩のもの。この山も津軽のものということだ。

と理由をつけて、南部領内に入って檜の伐採を始めた。これに怒った南部藩の領民は、「良い檜はない、と言っただけで、檜がないとは言っていない」と反論し、侵入してきた津軽藩の領民を殺した。これが発端となって、両藩を挙げての大抗争に広がったのである。

その後、幕府が仲介に入り、一応は収まったものの、今でも烏帽子岳やその周辺

の渓谷なども含めて、境界線を争っている。そのため、お互いに郡奉行配下の〝国境警備隊〟が常駐し、時に武力をもって衝突していた。

倉田が南部藩の次席家老並であったのは、丁度、その檜山騒動があった頃である。家老並とはいっても、剣術一筋で身を立ててきただけだ。元々は家老の家系であったことから、その地位を与えられ、国境の紛争を担っていたのだ。

その頃、倉田は毎日のように烏帽子岳の頂上辺りに登っては、遥か遠くの山々や湖を眺めるのを楽しみにしていた。藩同士の抗争さえなければ、美しい草花が咲く、穏やかで平穏な山林が広がっているだけだ。

夕映えを楽しんでいたある時、近くで灌木を揺らす音がした。津軽兵だと思って身構えると、それは熊だった。

咄嗟に抜刀した倉田が、牙《きば》を剥いてくる九尺はあろう大熊を叩き斬ると、熊は悲鳴を上げながら逃げていった。だが、その近くに、すでに熊に襲われたのか、怪我をして呻いている武士が数人いた。

津軽藩の者たちだったが、倉田は自領の番小屋に運び込み、家来たちに治療をさせた。ひとりは息を引き取ったが、後はみんな深傷を負っていたものの命は助かった。

この一件で、津軽藩の郡奉行が、倉田に礼を言いに来た。番人用の食糧を持参してのことだった。このときの郡奉行が鹿内大膳という者で、なんとなく意気投合し、烏帽子岳の頂上で会っては、四方山話《よもやまばなし》を繰り返したのだ。

しかし、このことが南部藩家老の耳に入り、津軽藩と通じていると誤解された。城下に戻され、藩重職たちに叱責を受けた上、尋問され、しまいには切腹まで命じられた。そこで、倉田を慕う家来たちを屋敷から逃がし、自身は南部藩の鹿内大膳を頼った。

鹿内は、脱藩せざるを得なかった倉田を快く迎えてくれた。が、やはり戦国の世からの確執があるため、他の者たちが南部者のことを快く思わない。

仕方なく、津軽藩からも出ていかざるを得ないと、立ち去った直後――なんと、鹿内が何者かに斬り殺されたのだ。そして、

――下手人は南部者の倉田左馬之助だ。

という噂が、領内であっという間に広まったのである。

倉田は言い訳をすることも、事実を確かめることもできないまま、逃走せざるを得なかった。捕まれば無実の罪で極刑になるであろう。こうして、倉田は津軽と南部の両方から追っ手をかけられたのだ。

そんなことを――ぼんやり思い出していた倉田は、天井を見上げたまま、深い溜息をついた。自由に動かせない体のせいもあって、苛々が募ってきたが、大人しくしているしかなかった。

ふと首を曲げて外を見やると、渡り廊下と中庭を隔てた向こうの部屋に、寝かされている工藤誠吾の姿があった。

まったく意識がないのか、遠目にも体に力がないのが分かる。白衣の見習い医師が、真剣なまなざしで様子を見ているのを、倉田はぼんやりと眺めていた。先刻の橋での〝仇討ち〟など、なかったかのように感じていた。

二

永尋書留役の詰め部屋では、北内勝馬がひとりで書見をしていた。定町廻りから流れてきた事案を整理していたのである。

勝馬は溜息をついて、目を擦った。

「こんなに〝くらがり〟に落ちてきてばかりでは、解決のしようがないな……定町廻りは本気で下手人を探すつもりがあるのか。適当に探索して、茶を濁してるとしか思えない」

愚痴をこぼしながら書類を読み続けていると、ある事件に「おや」となった。

もう三年程前のことである――。

本所《ほんじょ》二つ目にある陸奥津軽藩の江戸上屋敷にて、時の江戸家老・中里義之亮《なかざとぎのすけ》が何者かに殺される事件が起こった。

当初、下手人が分からなかったが、屋敷内に残された女物の着物や襦袢《じゅばん》、扱《しご》き帯などから、女がやったと思われた。

家老の中里は、無類の女好きで、夜な夜な芸者から夜鷹まで連れ込んでは、床遊びに耽《ふけ》っていた。家臣たちも呆れるほどだったが、藩主の親戚でもあるから、あまり諫《いさ》めることはできなかった。

だが、浮かび上がった下手人は、連れ込んだ遊女の類ではなく、奥女中の下働きにいたお菊《きく》という女だと思われた。事件の直後、姿を消していたからだ。

江戸家老が殺されたとあっては、家臣たちも威信にかけて下手人を探し出さねばならなかった。だが、意外にも殺した奴はお菊ではなく、雁助《がんすけ》という、藩邸に出入りしていた蠟燭問屋の手代だった。

津軽藩の家臣らに捕まる前に、雁助は自ら月番の北町奉行所に、恐れながらと出向き、罪を白状したのである。

「――なになに……どういうことだ……」

勝馬は書き記されている文書を、目を皿にして読み続けた。

「ええと……蠟燭を届けに来た雁助は、庭の灯籠などの蠟燭も交換していた。そのとき、女の悲鳴に気付いて、池に架かる石橋を渡って、離れ部屋の方へ向かった……ふむふむ……すると障子戸が開いて、ひとりの奥女中らしき若い女が出てきて渡り廊下を逃げ出した」

これが、お菊という女中である。

「すぐに、御家老の中里義之亮が追いかけてきた。明らかに手籠めにしようとしていたので、雁助は思わず止めようとした。すると、御家老が雁助を罵り、無礼打ちにしようとした。そこで、雁助がとっさに押しやったところ、酔っ払っていた御家老は、足を滑らせて廊下から庭に転落し、庭石で頭を打って死んだ」

雁助は、吟味方与力に対して、こう証言している。今でいえば〝過失致死〟ということであろうが、江戸時代にはその概念はなく、殺しとして扱われ、必ず死罪である。

「なるほど……目の前で起こったことに、図らずも体が動いたのだろうが、この手の不幸は時にあるからな……」

津軽藩邸の方も、この事実を認めており、下手人である雁助の身許の引き渡しを北町奉行所に求めた。が、自首してきたことを踏まえ、北町奉行所で処置することにした。

「――鋸挽《のこぎりびき》かよ……これは酷いな……」

鋸挽とは、六種類の死刑のうち最も重い罪に科せられるものである。主殺しなど反儒教的で、縦社会の秩序を乱した犯罪者に対する極刑である。町人の武家殺しには適用された。

咎人は三尺四方、深さ二尺五寸の箱に詰められる。首だけを出し、それを鋸で挽いて殺すのだ。いかにも残酷な処刑の仕方だが、見懲《みこ》らし刑として、一定の効果はあった。

勝馬は読んでいるだけで、身震いがした。

「でも……どうして、南町の永尋書留役に、廻ってきてるのだ……？」

永尋ということは、未解決ということである。すでに、下手人が特定され、処刑も断行されたのであるから、解決済みのはずである。勝馬はそれが不思議だった。

続けて読むと、別紙にこう記されている。

――雁助の処刑直前、逃げていたお菊なる津軽藩上屋敷の奥女中が、北町奉行所に直訴してきて、雁助の無実を訴えた。

『蠟燭問屋の雁助は、たまたま居合わせただけで、御家老の中里様を突き飛ばしたのは、私です。雁助はほとんど裸同然だった私の姿を見かねて、肌着を着せてくれた上で、その場から逃がしてくれました。御家中の人たちが駆け寄ってくる気配がしたからです』

お菊は奉行所にて、そう証言しているが、さらに続く。

『私はてっきり、雁助も逃げたと思っておりました。ですが、殺しの下手人として処刑されると聞き及び、真実を話します。御家老に手籠めにされそうになったので、突き飛ばしたのは私です。どうか処刑をして下さい』

だが、北町奉行所はこの女の訴えを受け容れることはなかった。なぜなら、雁助自身がハッキリ罪を認めており、一度は倒れた中里が起き上がり、

『おのれ、蠟燭屋め……』

と脇差しを抜いて斬りかかってきそうになったので、もう一度、体当たりをした。中里はまた転倒して頭を打ったが、止《とど》めのために頭を摑んでさらに石に打ちつけた、と証言したからである。

「つまり……お菊が御家老を突き飛ばしたため転倒したのが事実であったとしても、致命傷ではなかった。雁助が確実に殺した——と、北町奉行の諏訪美濃守《すわみののかみ》は判断したってことか。ふむ……」

勝馬は首を捻《ひね》った。

「だとしたら、真相はともかく、結審して処刑もされたのだから、なんで南町に……」

その後に補足として、記されている。

——南町奉行・大岡越前は、この事件に関して、密かに探索していた御庭番から、『中里義之亮の死因は、刃物で喉を突き刺されたことによる』と報告を受けた。よって、南町奉行所で再度、探索検証すると、大岡越前自身が申し出た。

——老中の許しを得て、南町奉行所で探索を始めたものの、『家老が町人に殺されたのは御家の恥』ということで、津軽藩からは探索協力を得られず、お菊の行方も杳《よう》として分からなくなったことから、探索は打ち切り、永尋扱いとなった。

「大名屋敷での事件だから、御庭番が動いていたのかな……いずれにせよ助平な御家老のせいで、居合わせた町人が、やらなくてもいい殺しをするハメになったたってことか……それにしても、喉を刃物でってのも気になるな」

勝馬がぼやくように言ったとき、背後から覗き込むように、

「熱心だなあ。暇すぎて、そんな昔の事件まで引っ張り出してきてるのか」

と声をかけてきたのは忠兵衛ではなく、定町廻り筆頭同心の篠原恵之介だった。いつもの嫌味な顔つきで、

「津軽藩上屋敷の一件か。どうでもいい事件を俺に振られてよ、ありゃ難儀したぞ」

「篠原様が担当を」

「そもそも北町の事件だし、やった当人が白状してるのだから、それでいいではないか。下手人が話したとおりのことだと、藩邸でも調べてるしな」

「でも、この刃物で刺したってのは、どうも釈然としませんね」

「ああ、それな……御庭番が調べたって……なんだかなあ……それに、俺が藩邸に出向いて家臣から聞いた話では、御家老が抜いた脇差しが、転んだ弾みで喉に当たった……のではないかってことだった」

「えっ。だったら、致命傷は雁助って奴がぶっ倒したことではなくて、そっちかも」

「絶命した後に刺さったんだよ」

「そうなのですか」

「どうでもいいけど、なんだって、こんなもの調べてるんだ」

篠原は胡散《うさん》臭そうに、さらに覗き込んだ。

「たまたま、と言いたいのですがね、実は……角野さんが読んでおけって」

「これに何かあるのか」

「いえね、昨日、橋が落ちたじゃないですか、日本橋川の」

「ああ。ありゃ酷かったなあ。俺もよく通る橋だ。もし、渡ってたときだったら、俺も大怪我したかもな」

「悪運が強いですね」

「うるせえ。あの橋は半ば腐ってるから、早く修繕しろと、町名主から言われてたらしいのだが、普請方がとろくてな」

「その橋が落ちる直前、仇討ちがあったらしいのです。もちろん、橋が落ちたので未遂のままですけれど」

「仇討ち……？」

「はい。津軽藩士が、元南部藩士を、ここで会ったが百年目と」

「ああ、津軽と南部な」

篠原はさもありなんという顔つきになったが、その当人ふたりが大怪我をして、八田錦の診療所に担ぎ込まれていることは、まだ知らない様子だった。

勝馬は余計なことは伝えなかったが、篠原は自分が探索をした頃のことを思い出し、何か閃《ひらめ》いたのか、

「なるほど、何かありそうだな……しかも、忠兵衛が動いてるとなれば、尚更……」

と興味津々となった。

「下手人の雁助と、お菊って奥女中の話だがな……実は、できてたんじゃないか。それで、逢い引きしている途中に、御家老の中里様が嫉妬で逆上したのではないか……なんて話も、読売を賑わしたんだ」

「そうなのですか？」

「ああ。だから、お菊を庇って、雁助が名乗り出た。その雁助を救うために、今度は、お菊が自分がやったと申し出た……お互い愛し愛される男と女の悲恋、てなことでな」

「へえ……色々考えますね。で、そのお菊ってのは今、どこで何を……この裁許帳には書かれてませんが」

「知らぬ。どうせ、どこかで安穏と暮らしてるのだろう。女ってのは、そんなもんだ」

篠原がしたり顔で言うのに、勝馬はなるほどと頷き、

「さすがは篠原様。女の心まで、何もかも、お見通しですね」

と言った。が、篠原は皮肉とは受け止めず、

「うむ。おまえも手柄を重ねてよ、こんなむさ苦しい所からさっさと出て、俺のもとに来い。己を活かせる良い仕事をしろ」

自慢げに大笑いした。

三

八田錦の診療所は、いつものように様々な病を患ったり、怪我をした患者が押し寄せ、てんやわんやだった。

その忙しさを、晒し布に巻かれた倉田は、ぼんやりと眺めていた。

——大変そうだな。ここにいると、世の中の人々がみな、病人や怪我人に思える。

心の中で呟き、おもむろに立ち上がると、痛みを我慢しながら廊下へと出た。膝

や腰も激しく打っているので、足を引きずっているが、なんとかひとりで動けた。

中庭の向こうの部屋には、相変わらず気を失ったままなのか、やはり体中、包帯だらけの誠吾が仰向けで眠っていた。

渡り廊下を、倉田はゆっくりと廻って、誠吾の部屋に入った。

目を閉じているが、痛みも感じていないのであろう、浅い呼吸で、静かに安らいだ顔で眠っていた。

その顔に、倉田はまったく見覚えがなかった。そもそも南部藩を脱藩したのが、十年も前のことだ。わずかの間、津軽の鹿内大膳のもとで世話になったが、そこからもすぐに逃れた。

――鹿内はいい奴だった……南部と津軽の確執がなければ、親友になれたかもしれぬのにな。なんとも、やりきれぬ。

倉田は、鹿内の屈託のない笑みを思い浮かべて、魚釣りや鉄砲での猪《いのしし》狩りで競い合ったことも回顧していた。

――たしか津軽藩追手番と名乗ったが、もしかして、鹿内を殺した下手人として、俺のことを追っていたのか……だとしたら、見当違いも甚だしいがな。

津軽藩には、追手番という、特殊な犯人追捕のため馬廻組に課せられる臨時役があった。臨時といっても、犯人を捕縛するか、あるいは打ち捨てるまで、故郷に戻って来られないという使命がある。

他藩の領内に逃げた犯罪者は、捕まえて引き渡す決まりがある。が、津軽藩は北方領土を監視する松前勤番も担っていることから、他藩の領内を移動することを特別に許されていた。また、南部藩との関わりなど、政情不安定な国柄でもあるので、早道之者《はやみちのもの》という、公儀御庭番に相当する忍びも暗躍していた。

倉田はそれらの事情を重々、承知しており、自分も両藩から追われる身ではあったが、今頃になって、〝仇討ち〟をされるとは考えてもみなかった。

――こいつは、仇討ちと言った……追手番ならば、仇討ちではなく、捕縛もしくは打ち捨てであろう。

と倉田は胸の中で思った。

追った下手人を、処刑代わりに斬り捨てることも認められているのだ。にもかかわらず、仇討ちということは、やはり鹿内の親族か家臣と考えるのが相当だった。

それにしても、まだ若い顔だ。年の頃は、二十五、六か。だとしたら、まだ元服をして、さほど年も重ねていない若衆だった頃から、仇討ち相手を探していたことになる。

──なんとも、つまらぬ人生よのう。

そう感じながら、倉田が若侍の顔を覗き見たとき、うっすらと誠吾の目が開いた。

一瞬にして、倉田の顔が分かったのか、驚愕と憤怒が入り混じった表情となった。

とはいえ、まだ感情を充分に表す言葉も発することができず、口の中がモゴモゴしただけだった。もちろん、体も動かせない。

「津軽藩追手番・工藤誠吾……だったな」

「………」

「工藤といえば、津軽の名家だが、おまえもそこの出か」

倉田は若侍を見下ろしたまま、静かな口調で続けた。自分もまだ頭痛が激しいし、体の節々が痛い。

「ご覧のとおり、俺も無様な姿だ。口をきくのもやっとのことだ。利き腕も痺《しび》れたまま動かぬ……イザというときに、とんだ地震が来たものだな。だが、お陰で、おまえは人殺しにならずに済んだ」

誠吾の眉が微かに動いた。

「誤解をしてるようだから話しておくが、俺は何もしておらぬ。鹿内大膳殿のことで、俺を仇と狙ったのなら、思い違いだ。鹿内殿とは、烏帽子岳で出会って以来、刎頸《ふんけい》の交わりだった。少なくとも俺はそう思っている」

鹿内の名を聞いて、誠吾はさらに感情が昂《たか》ぶったのか、表情が険しくなったが、まだろくに声を発することができなかった。溺死だってしかねない状況だったから、喉や気管をやられているのであろう。

「誰が、あのようなことを……鹿内殿を暗殺したのか分からぬが……俺を匿《かくま》ったことが原因ならば、大変、申し訳なかったと思う」

「うう……」

「だから俺なりに、鹿内殿を殺《あや》めた者を探していた時期がある……だが、ハッキリとは分からなかった……いや、およその見当はついたが、そやつも死んだ」

謎めいた倉田の言い草に、誠吾は何を言いたいのか藻掻《もが》くように体を動かした。

「しかし、それも俺の思い込みかもしれぬ……故郷を離れ、江戸に流れて来てからは、ご覧のとおり、酒浸りの素浪人だ」

自らを卑下するように倉田は言ったが、目の力だけは誠吾も負けていなかった。倉田の話など、何ひとつ信じるものかという、強い意志を酌み取ることができた。

「――どうやら、俺の言うことが出鱈目だと思っているようだな……まあ、いい。体が少しでも良くなったら、国へ帰るがよい」

「その若さだ。幾らでも、やり直せる」

倉田は穏やかに言ったつもりだが、長年仇と睨んでいた相手に説教をされて、誠吾は悔しさが溢れているようだった。

その誠吾の異様なまでの様子に気付いたのか、錦が急いで駆けつけてきて、

「何をしたのです、倉田様」

「別に何も……」

「こんなに気が昂ぶっているではありませぬか。工藤様はあなたの何倍も大変なのです。たまに目覚めますが、まだ虚《うつ》ろな状態で、重湯だってろくに口にできません。余計なことを言って、興奮させないで下さい」

「おやおや……」

苦笑して誠吾を見やって、

「だってさ、工藤殿……俺はここでも悪者扱いだ。先生の前だから、ついでに言っておくが、おまえは勘違いしておる。もし、今後、俺に刃を向けたら、返り打ちにする。それだけは覚えておけ」

「やめて下さい。身動きできない人に、酷いじゃないですか」

錦が誠吾を庇うように押しやると、倉田は簡単によろりと崩れた。

「俺も重篤な患者だがね、先生……むさ苦しい中年侍より、やっぱり若い方がいいですかね。女盛りとしちゃ」

下卑た笑いをして見せた倉田を、錦はジロリと睨んだ。

その時、下働きの者に案内されて、忠兵衛がぶらりと廊下に立った。

「大変ですな、錦先生」

「あら、忠兵衛さん。どこか調子が悪いのですか」

「ええ、まあ肘が……これのやり過ぎかな」

釣りの真似をしてから、忠兵衛は倉田に向かって軽く会釈をすると、

「あの橋の事故からしてみると、大事なさそうで良かった。疲れない程度でいいですから、少し宜しいですかな」

「町奉行所の方が何か」

身形《みなり》から見て、倉田は判断したのだろうが、忠兵衛はニコリと微笑みかけて、

「永尋書留役という暇な役職でしてね。事故に遭われたのが、南部と津軽の方と聞き及んだもので、ちょっと……」

「ちょっと何ですかな。事故のことならば、すでに別の町方に話しましたが」

「いえ。もう三年ほど前のことになりますが、津軽藩上屋敷で起こった、当時の江戸家老・中里義之亮様のことで」

津軽藩とか江戸家老という言葉に、倉田はもとより、寝床の誠吾もギクリと反応した。だが、倉田は訝しげに、

「私は元南部藩士ですから、津軽藩のことならば、この工藤殿にお訊き下され」

「まあ、そうおっしゃらず。あなたも一度ならず、津軽藩上屋敷に行ったことがございましょう。その身分を伏せて……」

忠兵衛の曰くありげな態度に、倉田は従わざるを得なかった。つまらぬ意地を張って、余計な騒ぎになるのも御免だったからだ。

部屋に戻った倉田は、疲れるからと背もたれに寄りかかったまま、話を聞いた。忠兵衛は、津軽藩邸で起きた、中里義之亮が雁助という手代に殺された事件について、かいつまんで伝えてから、

「この一件は、ご存じですよね」

と問い質した。

「むろん承知しておる。もっとも、噂話とか読売で知っただけだがな」

「あなたが津軽藩邸に行き始めたのは、つい最近のこと……私の調べでは、幾ばく

か金を貰っているそうな。用心棒代とか、そういう類ですか」

「……」

「いえ、あなたは梶派一刀流の使い手で、『錬武道場』で師範代わりをしたこともあるとか……なに、道場主の山根新八郎は、古い知り合いでしてな、たまさかのことで奇縁を感じておる次第で」

油断ならぬ人物だなという目で、倉田は忠兵衛を見ていた。

「その新八郎から聞いたところでは、これまで旅の途中や江戸で、用心棒紛いのこともしてきたとか」

「痩せ浪人が糊口を凌ぐ手立ては、それくらいしかない。だが、津軽藩邸に行ったのは、そんな下らぬ用事ではない」

「もっと重要な何かがある……ということですね」

「だとして、おぬしに言う必要があるかな」

「いいえ、まったく」

そう言いながらも、忠兵衛は当然のように続けて訊いた。

「先程、話したとおり、江戸家老の中里様を殺した下手人は雁助ではなく、奥女中のお菊でもない、かもしれません」

「だが、町奉行所でそう断じたのではないのか」

「北町の判断は間違いだったかもしれません。ですので、南町の大岡様が再度、調べ直しました。それでも、真実は霧の中です」

「その話が、俺と何の関わりがある。しかも、三年も前のことだ」

「あるといえば、ある。ないといえば、ない……」

忠兵衛は勿体つけた言い草ながら、次には核心に触れた。

「ですが、〝檜山騒動〟に端を発しているからです」

「なに？」

「南部藩の次席家老並として関わっていたらしいですな。その折に……」

倉田が津軽藩の郡奉行・鹿内大膳と通じていると誤解され、そのことで両藩から追われる身になった顚末《てんまつ》を、忠兵衛は語った。驚いた倉田は口をあんぐりと開け、

「何故、そこまで知っているのだ」

と訊き返した。

「〝檜山騒動〟は幕府を巻き込んだ、津軽藩と南部藩の抗争ですからね。評定所には記録が残っておりますよ」

「……」

「ええ、あなたの名も出てます。脱藩を余儀なくされたことも」

忠兵衛に言われて、さもありなんと倉田は納得した。が、どうして忠兵衛が、そこまで調べているのかが気になった。

「三年前の津軽藩邸での事件を、南町で調べ直した折にも、大岡様は、単に商家の手代や奥女中が犯したものではなく、別の事情や背景があるはずだと睨みました」

「事情や背景……」

「十万石の大名の屋敷に、商家の手代が仕事とはいえ、うろうろしていることは、ありえません。しかも、女中を手籠めにしているところに出くわした、などという話もできすぎてます」

「何が言いたい。もしや、端から、その手代と奥女中が、江戸家老を狙ったとでも」

「そのとおりです」

忠兵衛はさすが次席家老並と誉めて、

「大岡様は、そう睨んで調べようとしました。家臣たちが駆けつけてくるのも、遅すぎる。つまり、この津軽藩邸の江戸家老殺しは、仕組まれたものではないか、と考えたのです」

「はて面妖な……まるで南部藩が、間者でも送り込んだような口振りだな」

「それも、一考としてありました。ですが、すぐに違うと、大岡様は判断されたのです」

「何故だ」

「どうしてだと、思います」

倉田は少し苛ついた顔になったが、それには答えず、黙って聞いていた。忠兵衛はその顔を見据えながら、

「お菊という奥女中の素性を調べていたら、津軽出身だと分かりました。しかも、郡奉行だった鹿内大膳様の娘であるとのこと」

「なんと。鹿内殿の娘が……」

「そして、雁助というのは、その中間でした……つまり、津軽者が津軽藩邸に入り、時の江戸家老を殺した」

断じるように言う忠兵衛を、倉田は不思議そうに見やった。何か言いかけたが、大岡越前が動いたということは、公儀隠密が裏で探索していたのも当然。そこまで調べていたことを、倉田は納得するしかなかった。

その上で、改めて忠兵衛を見やり、

「そこもと……ただの町方同心ではないな……」

「いいえ。永尋を受け持つ一介の役人です。此度の橋の事故は、まったくたまさかのことでしょうが、あの工藤誠吾という若侍が、あなたを狙ったことで、私は少しばかり、この一件を穿《ほじく》り返してみたくなりました……まだまだ、裏に何かありそうなので」

忠兵衛は中庭越しに、まだ錦が面倒を見ている誠吾を見やった。だが、倉田は忠兵衛を見据えたまま、重苦しい溜息をついた。

四

品川《しながわ》宿南本宿の東海道《とうかいどう》を外れた所に、数十の寺が密集している。その一角に、海《かい》蔵寺《ぞうじ》という時宗の寺があった。

ここは宿場女郎が亡くなって、引き取り手がない者が門前に捨てられたことから、〝品川の投込寺〟とも呼ばれていた。女駆け込み寺として有名な満徳寺《まんとくじ》と同じ時宗であり、苦界から逃げてくる女郎もおり、尼僧も多かったという。

また、鈴ケ森《すずがもり》の刑場で処刑された咎人や、旅の途中の無縁仏も、ここで供養されていたことから、周辺の寺に比べて鬱蒼とした暗い雰囲気が漂っていた。

参道奥にある無縁供養塔が〝首塚〟と呼ばれているのは、やはり身の引き取り手のない罪人が眠っているからだ。だが、浄土では罪人も徳人も差別はなく、身分の貴賤《きせん》も関係ない。深く仏教に帰依する人々にとっては心の拠り所になっていた。

勝馬がこの寺の山門を潜ったのは、秋雨がしとしとと降る昼下がりだった。狭い参道が余計に侘しく見えた。

阿弥陀《あみだ》立像を本尊とする本堂を正面に向かい、脇に入ると鬱蒼とした墓地がある。ひとりの尼が、並ぶ墓石や卒塔婆《そとば》に順番に線香をくべ、数珠を鳴らして南無阿弥陀仏と唱え、手を合わせていた。

「随分と熱心ですね」

さりげなく勝馬が声をかけると、白い頭巾に黒い法衣の尼が振り返った。穏やかなまなざしで、軽く頭を下げた。

「鈴ヶ森から来た者も供養しているとか」

町方同心姿の勝馬を見て、尼の方は何かを察したのであろう。

「どなたか、お探しですか。江戸の町奉行所からも時々、お役人の方が参ります。自分が捕らえた咎人の行く末を案じてのことです」

あなたもそうでしょうという感じで、尼は声をかけてきた。

勝馬はとっさに頷いて、

「ええ。そうです。獄門に晒されましたので、〝首塚〟の方を拝もうと思いましたが、身許が分かっているものですから、こちらかと思いましてね」

と適当に答えた。

「それは、どなたでございましょう」

「分かるのですか」

「はい。身許がはっきりしていれば、寺の分限帳に残されているはずです。もちろん、引き取り手がなくても、名前は分かっておりますから。お探し致しましょうか。いつ頃の仏様でしょうか」

罪人であっても浄土に行けばみな仏だという理念に基づいて、尼は答えたのであろう。勝馬は納得するように頭を下げてから、

「三年程前の事件ですが、津軽藩の江戸家老を殺した雁助という者です」

と言うと、尼のお日様のような表情が俄に曇った。

勝馬はそれを見逃さなかったが、尼の目の前の卒塔婆を指して、

「ああ、そこに雁助という字がありますね」

と言いながら近づいて、持参していた菊の花を一輪だけ供えて、口の中で念仏を

唱えながら合掌した。そして、尼を振り返ると、

「この雁助のことを、お話しして下さいませんか」

「えっ……」

尼は驚いたように首を傾げた。

「雁助は、お菊という女の身代わりに罪を被った節があるのです。私はそのことを調べ直している、南町奉行所の永尋書留役・北内勝馬という者です」

「そうでしたか……」

「処刑された雁助は覚悟の上で、三尺高い所に晒されたのでしょうが、もし町奉行所が間違って処刑したとなれば、謝って済む話ではありません。担当の吟味方は切腹……まではいかなくとも、辞職は免れますまい」

「……」

「町方仲間を貶めるようなことはしたくはありませぬが、真実を暴かねば、同じ同心として寝覚めが悪いですからね」

「それは、なんとも痛ましい……悲しいことでございます」

改めて尼は卒塔婆に向かって手を合わせた。その姿をじっと見つめていた勝馬は、感情が昂ぶるのを抑えながら、

「こうして供養しているからといって、あなたの罪は消えませんよ、お菊さん」

と尼に声をかけた。

あまりに驚いた顔を向けて、尼はかすかに震えながら、

「――どうして、私が、お菊と……」

と訊いた。

「簡単な話です。寺請制度がありますからね。幕府の寺社方ではすべてを把握しています。この寺は、無縁仏も含めて、処刑人の御霊《みたま》を供養している。しかも、お菊なる女が、雁助が処刑されてすぐ、尼として入山している。他の尼さんは、ご年配だし、若い尼さんはあなたしかいない」

「……」

「山門から入ってきて、あなたの姿を見てすぐに、そうだと思いましたよ」

「さようですか。さすがは町方同心ですね。目の付け所が凄いですね」

諦めたように尼は、お菊だと認めた。その素直さに、勝馬は安堵して、

「ここは寺社地ですから、町方の私が捕縛したりできません。もとより、そのつもりで来たわけでもありません……あなたは何もしていないのですから」

「……」

「ですから、雁助が、あなたの身代わりに処刑された……というのも、実は間違っている話……です。雁助は、あなたが殺したと誤解して、自らが下手人となり処刑された」

確信に満ちた顔で勝馬が詰め寄ると、尼は静かに頷きながらも、

「それも違います。本当に私が悪いのです」

「私が悪い……あなたが津軽藩の郡奉行の娘で、雁助が中間だからですか」

「そこまで、お調べですか……茶でも如何でしょう」

尼は溜息混じりに、庫裏の裏手にある小さな茶室に誘った。

お菊と認めた尼は作法に則って、薄茶を点じると、勝馬に勧めた。茶碗をじっくりと眺めて話をするような余裕はないが、勝馬は手前を誉めてから、尼に尋ねた。

津軽藩郡奉行・鹿内大膳の娘であること、雁助はその折の中間として、お菊に仕えていたということも、自ら話した。そして、津軽を出て江戸に来るまでの話を詳細にし始めた。

「もうお調べかと存じますが、その昔、〝檜山騒動〟というのがあって、津軽藩と南部藩は幕府からお咎めを受けました……」

あらましを述べてから、お菊は自分の父が、そのことで色々と尽力したことを話

した。身贔屓《みびいき》とはいえ、騒動を鎮めるために藩内では、国家老たちにも直談判し、なんとか不毛な抗争を阻止しようとしたという。

「ですが、南部藩の倉田左馬之助というお方が……父とはなぜか昵懇になったらしいのですが……そのお方が南部藩を追われて、父を頼って逃げてきました」

勝馬はその続きの顚末を語った。やはり、津軽藩と南部藩は百年来の確執があり、南部者を匿うというだけでも、鹿内が家臣や領民たちに囂々《ごうごう》たる非難を受けたことは、お菊の口からも出てきた。

「当時、私は、城下の父の屋敷にいましたが、火矢を放たれたり、何百人もの町人や百姓が押し寄せてきて、まるで一揆のようでした。本当に怖かったです」

「……」

「父は、倉田様のお立場を考え、意地でも守り通そうとしました。でも、倉田様の方から、このままでは、母や私も危ないし、何より父の身の上が案じられると、城下が寝静まっているうちに出ていかれたのです」

お菊は無念そうに胸に手を当てて、

「それでも、父への疑念はすぐには晴れませんでした。倉田様を逃がした咎で切腹しろと迫る人もいました。でも、法を犯したわけではなく、国家老の笹倉監物《ささくらけんもつ》様もそれ以上は、追及しませんでした」

「でしょうな。それが当たり前だ」

「ええ。でも、憤懣《ふんまん》やるかたない人たちがいるのも事実……ある日、父は何者かに自邸にて襲われて斬殺されました」

「なんと……」

「私は母の実家にいたので、難を逃れましたが、まるで謀反人扱いでした……なのに父を殺した下手人は一向に捕まらない。それどころか、天罰だと喜ぶ人もいるくらいでした。ですが……」

感極まったのか、お菊は尼とは思えない夜叉《やしゃ》のような形相となった。

「見つからないはずです。父を殺したのは、中里義之亮の手の者だったのですから」

「中里……それは、江戸家老の」

「その頃はまだ、国元で手廻組頭《てまわりぐみがしら》をしておりました。藩主直属の番方です」

津軽藩には、山鹿《やまが》流兵法を基として、五組の手廻組、七組の馬廻組、三組の留守居組という〝番方三組〟五百人ほどが組織されており、その他にも諸手組《もろてぐみ》、大組《おおぐみ》など三十七組の番方が打ち揃っていたという。南部藩に対抗するためか、それほどの武芸者を揃えていた。

「父の役職である郡奉行は、農政を担う者ですから、城の勘定奉行支配でした。父はかねてより、手廻組頭の中里様が、領内の銀山を探す名目で、藩の金を不正に持ち出しているとの疑いをもっていました。ですから、銀鉱があると目された烏帽子岳に赴任していたのです」

「烏帽子岳に銀鉱があるのですか」

「いいえ、それは間違いだったのですが、中里はあると主張し、試し掘りをすると見せかけて、その普請費のほとんどを、自分が着服していたのです」

「どこにでも酷い奴はいるものだな」

勝馬が同情めいた顔になると、お菊は無念そうに、

「父はそのことに気付いて、かねてより追及していたのです。そうなのです……父は倉田様を匿ったから殺されたのではなく、中里の秘密を暴こうとしたために、闇討ち同然に殺されたのです」

と尼僧らしくない強い言葉を吐いた。

「その後、中里は藩の金については誰にも咎められないどころか、おそらくその金に物を言わせて、江戸家老の地位を買ったのでしょう。国元を離れて、お殿様の目

の届かぬ江戸で、勝手気儘に遊んで暮らすために」

それが事実なら、あまりにもさもしい話である。だが、お菊は本当のことだと断じ、雁助とともに仇討ちを誓ったという。

「父亡き後、母も心労のためか、後を追うように亡くなりました。私は父の無念を晴らそうと、国家老にも直訴しましたが、証拠がないということで、すべてうやむやにされてしまいました」

「それで、江戸に来たのですね」

「はい……しばらくは市中で息を潜めるように暮らしてました。雁助は、藩御用達の蠟燭問屋の手代として、屋敷内の様子を探り、私は津軽藩の支藩である黒石《くろいし》藩の女中として奉公しました。そこで信用を得て、機会を窺いつつ、大川端《おおかわばた》にある津軽藩の江戸下屋敷から、本所横川端《よこかわばた》の中屋敷へ、そして……女好きの中里から、上屋敷の奥女中へとの指名が入ったときは、飛び上がりました」

「まさに、垂涎《すいぜん》の美形でござれば」

勝馬は半ば冗談で言ったのだが、尼の立場だからか、お菊は笑いもせず続けた。

「まさに身を挺して、父の仇討ちの機が熟し……あの夜が来たのです」

「あの夜……」

「はい。仇討ちを果たした夜です」

お菊は今も、その場にいるような目つきで話した。

「私は夜伽《よとぎ》として、中里に呼ばれました。嫌らしい顔で、酒臭い息を吐きながら、私に抱きついてきました。抗《あらが》うこともなく、私は相手が油断するまで、思うようにさせました……中里が私の体を弄ぶことに夢中になったとき、意を決して、髪に挿していた銀簪《ぎんかん》で……」

ひと思いに中里の喉に突き刺そうとした。

だが、中里は危難を察したのか、わずかに首に傷をつけただけで、お菊の腕を捻り押さえて、銀簪を奪い取り、逆に喉元に突きつけてきた。

『何をする、下郎』

『あなたが殺した父、鹿内大膳の仇！』

『ほう。あのバカ者の娘とは。よくも、たばかりおったな』

とお菊に襲いかかってきた。

無我夢中で押しやり、ほとんど裸のまま廊下に逃げ出したが、中里はしつこく亡霊のように追いかけてくる。酒に酔っ払っているせいで足下は覚束《おぼつか》ないが、大声を張り上げ、家来たちを呼んだ。

お菊は、怖くなって突き飛ばした。

中里は弾みで廊下から転落し、庭石で頭を強く打って昏倒した。頭からは血が流れ始めた。放っておけば死ぬと判断し、家臣たちの気配もしたので、裏木戸から逃げ出した。

「すると……なぜか雁助がそこにいました。事を察した雁助は、私の手を引いて、まずは近くの水車小屋に潜んで、それから川船を使って、暗いうちに葛西《かさい》の方に逃げたのです……『後は任せて、俺がなんとかします』と雁助は、そう繰り返していました」

結果として仇討ちは果たせたと思ったが、津軽藩邸から、お菊に追っ手がかかったことから、雁助が町奉行所に申し出た。たまさか女中が手籠めにされるところに出くわし、自分がとっさに殺したという〝作り話〟をしたのだった。

「私も何度か、町奉行所に訴え出ましたが、もはや、雁助を下手人と決めつけ、取り上げてくれませんでした」

「だから、尼になって、雁助を供養しようと決心したのですね」

「父の仇討ちは、雁助とふたりで成し遂げたようなものです。ですが……申し訳ありません……私が悪いのです。私が……ああ、雁助、おまえが愛おしい……」

最後は消え入るようにお菊が呟いた。その声を聞いて、勝馬は、

――読売の話は、あながち嘘ではないのかもしれない。

と感じた。だが、ゲスの勘繰りだと思い直して、涙ぐむお菊に手拭いを差し出し、

「妙な話ですね」

「え……本当のことでございます……仏に嘘は申しません」

「いや、そうではなく……銀簪で喉を突くことはできなかった」

「はい」

「中里は脇差しを抜いて、あなたを襲ったのではないのですね」

「え、ええ……」

「調べ書きにある、倒れた弾みで喉に突き刺さることは、ありえないな」

勝馬が謎めいて口元を歪めるのを、お菊は不思議そうに見ていた。

「一度、決まった裁決は、余程のことがない限り、再び審議されることはありませぬ。ですがもし、改めてお白洲があれば、今の話をきちんとして下さいますね、お菊様……いえ、璋蓮《しようれん》様……」

穏やかに言う勝馬に、お菊は静かに頷くだけであった。

五

二、三日、冷たい雨がしとど降っていたが、今宵は、障子窓から、優しい月明かりが射し込んでいる。

診療所には、泊まりの患者は数人しかいないが、真夜中になると妙な唸《うな》り声や寝言、鼾《いびき》などで、錦は目覚めることがある。見習い医師や下働きたちは昼間の疲れで、ぐっすり眠っていることが多いが、錦は医者としての癖なのか熟睡していても、いきなり起き上がることができるのだ。

だが、この夜は、いくつもの診察が重なったせいか、深い眠りについていた。橋の事故で昏倒していた若侍の工藤誠吾が、薬を受け付け、少しは物も喉を通るようになったから、安堵したのかもしれない。

廊下をひとつ隔てた向かいの部屋には、倉田左馬之助が鼾をかいて、気持ち良さそうに眠っていた。

昼間は少し、診療所の外にまで出歩けるようになったし、年の割には食欲もある。骨折をした利き腕はしばらくかかるが、不自由はあっても自分で暮らすことはできよう。明日にでも、診療所から出ることになっていた。

行く当てはない。角野忠兵衛という同心とも知り合ったことだし、山根新八郎の道場にでも身を寄せて、体が治癒すれば、師範代の真似事をしてもよいかなと、ぼんやりと考えていた。

だが、今はただの一患者として、まったく無防備で寝ていた。

障子戸が少し開いて、月明かりがさらに伸びてきた。その光を背にして、体が〝くの字〟に曲がった姿が浮かび上がった。

工藤誠吾である。

しばらく、廊下に立っていたが、おもむろに部屋に入ってきた。足音を立てず、倉田の枕元に立った。先日、倉田にされたことへの仕返しなのか、真剣なまなざしで、寝顔を覗き込んだ。

だが、倉田は本当に熟睡しているのであろうか、身動きもせず鼾をかいていた。

「――ふん。様《ざま》ぁないな……このまま冥土に送ってやる。あの世で、鹿内様に土下座をして謝るがよい」

まだ嗄れ声である。誠吾が傾いた姿勢のままで、なんとか手にしていた脇差しを握りしめた。すでに鞘からは抜いている。その目は恨み骨髄に徹した鋭いものであった。

「ようやく歩けるようになったか」

ふいに寝たままの倉田が声をかけた。驚いた誠吾だが、脇差しの切っ先を向けたままで、ようやく体の均衡を保っていた。

「やはり若い奴は快復も早い。羨ましい限りだ……が、頼むぜ。殺《や》るならひと思いに、心の臓をグッサリと刺してくれ」

倉田は蒲団をはいで、上体を露にした。寝間着も少しはだけており、鍛え上げられた胸板が見えていた。

「下手に外すと、こっちはもんどり打って苦しむ。それとも、恨む相手がのたうち廻る姿を見たいか」

「……………」

「最期にひとつだけ言っておく。俺は鹿内殿を殺してはおらぬ。むしろ感謝しておる。武人の中の武人だと心底、信頼しておった」

「命乞いをしても無駄だ」

「してはおらぬ。さっさとやるがよい。だが、鹿内殿が今のおまえを見れば、こう思うだろう。ほとんど身動きできぬ相手の寝込みを襲うとは、津軽武士の恥さらしだとなｏしかも、刀ではなく、自分の腹を切るための脇差しでとは、笑止千万」

「……」

「あ、そうか。橋の事故で、刀は落としてしもうたか。武士の魂をなくすとは、これまたお笑い種《ぐさ》だな」

誠吾は一瞬たじろいだが、決意に漲った表情で、「おのれ」と体重をかけてのしかかるように、倉田に倒れかかった。

その寸前、倉田は誠吾に足払いをして、ステンと仰向けに倒した。すぐさま跳ね起きた倉田は、誠吾の脇差しを握っている手を踏みつけ、左腕で奪い取った。

したたか床で背中を打った誠吾は、足腰の怪我に響いて、呻き声を上げながら抗おうとした。だが、力の差は歴然としていた。倉田は馬乗りになって、脇差しを相手の喉元に突きつけた。

「一瞬の油断も許されぬぞ。追手番のくせに、詰めが甘いな。それとも、怪我のせいにするか。ならば、もっと治ってから狙ってくるべきだったな」

「うう……や、やれッ……追手番は、たとえ返り討ちにあっても、誰も骨は拾いに来ぬ。我が身ひとつ、死ぬまでが使命だ」

「愚かな……いや、哀れな……それが十年も費やした、おまえの人生か……」

「俺が仕留めなくとも、おまえは生きてる限り、津軽に追われる身だ。俺が死んだら、江戸上屋敷から、すぐにでも、おまえを討つ者が来るだろう」

「江戸上屋敷……」

倉田は握りしめた脇差しの切っ先を、誠吾に向けたまま、訝しんだ。

「どういうことだ……？」

「おまえは、津軽藩に追われているのだ。当然、江戸家老も知っている」

「先の江戸家老・中里 某《なにがし》は、どこぞの商家の手代に殺されたらしいが、その後は誰が江戸家老になったのだ」

「原口外記《はらぐちげき》というお方だ」

「なに、原口殿が……その原口殿が、俺を狙えと、おまえに命じているのか」

目を丸くして迫る倉田に、誠吾の方も戸惑いの色を見せ、

「原口様のことを知っているのか」

「鹿内殿が郡奉行の折は、馬廻組頭だった。つまり、おまえたち追手番の統領だった者だろう……なるほど、そうか……やはり原口殿も一枚、嚙んでいたのかな」

意味深長な言い草に、誠吾は仰向けのまま、気になる様子だった。

「中里……義之亮だったかな……そいつが江戸家老になり……殺された後に、原口

外記がなっていたとは……ふはは。俺も随分と不覚を取ったものだ」

「何を言ってるのだ、おまえは」

嗄れ声ながら必死に叫び声を上げたとき、廊下から、錦が飛び込んできた。

「倉田さん。何をしているのですか。そんなこと、おやめなさい」

作務衣姿のまま眠っていたのか、髪も乱れているせいで、形相が凄まじく怒りに満ちているように見える。

「誤解しなさんな。先に手を出したのは、この若造の方だ」

「工藤さんはまだ立つのもやっとなのです。乱暴なことはよして下さい」

「その体で、俺の命を狙ってきた。油断も隙もありゃしない。先生も、怪我人なら怪我人らしく、大人しくしてるようきちんと見張っていたらどうです」

「やめなさい。その脇差しを置きなさい」

命令口調で錦は言った。だが、倉田も半ば意地になったのか、

「先生……どっちの命が大事なんです」

「どっちもですッ」

間髪を容れずに錦は答え、さらに脇差しを寄越せと言った。

「人の命に軽重はないと？」

「そうです。当たり前のことです。落ち着いて下さい」

「こっちは、ずっと落ち着いてますがね……先生、命はふた通りあるんですよ。殺していい命と、生かしておかねばならぬ命とがね……分かりますか」

「いいから、脇差しを」

「殺していい命は、理由はどうであれ、人を殺そうとする奴の命。生かしておかねばならぬ命は、人の命を助けようとする命だ……先生なら分かるよな」

「あの事故で、ふたりとも助かったんです。神仏はふたりとも救いたかった。だから、こうして生きてるんです」

「お医者様に、神仏のお慈悲を説かれるとは、思ってもみませんでしたがね」

「ふざけないで放しなさい」

錦はさらに強い口調になって、倉田を責めた。

「あなた自身が今、言いましたよね。殺していい命は、人を殺そうとする奴の命……あなたは、その脇差しで何をしようとしているのですか。さあ、放しなさい」

「ならば、先生、俺を止めるために、殺せば如何かな」

倉田はこれまで見せたことのない、悪辣で嫌味な顔つきになって、

「あの橋の上で、すぐに返り討ちにしとくべきだったな、こんな役立たずの若造は

……とどのつまり、人に利用されて、無駄な歳月を仇討ちだけにかかずらった、馬鹿な奴……」

「よしなさい。ここは、私の診療所ですよ。言うことが聞けないのならば、すぐにでも出ていって下さい。私は患者を治すのが使命です。お互い、尋常に勝負をしたいのなら、怪我を治して、診療所の外でして下さい」

「いい心がけだ」

「私は、死罪直前の囚人ですら、病を治したことがあります。あなた方が仮に明日、果たし合いをして、いずれかが倒れることになろうと、今は私の患者です。言うことを聞きなさい」

鬼気迫る錦の言葉に、倉田は脇差しを振り上げるなり、庭に投げつけた。

勢いが増して、切っ先が梅の木の幹に、鋭く突き立った。すると、黒い影がひらりと舞い飛んで、そのまま裏に逃げていき、塀を乗り越えて消えた。

「――今のは……」

驚く錦に、倉田は溜息交じりに言った。

「こいつが俺を仕留め損ねたら、代わりに殺るつもりだったのだろうよ」

「誰なのです」

錦の問いかけに、倉田は答えず、

「俺がここにいたんじゃ、こいつもオチオチ眠れないだろうし、妙な輩が押しかけてきて、他の患者に迷惑をかけちゃいけない……世話になったな、美人の先生」

「何処へ行くのです、こんな刻限に」

「さあ、月にでも訊いてみらあ。どうせ、明日には出るんだからよ。それより、たまには着飾って、化粧でもすりゃいいのに……せっかくの器量が勿体ない」

倉田はからかうと、少し足を引きずりながら、玄関に向かった。錦は追って止めたが、もはや倉田には聞く耳はなかった。

それでも、錦は倉田の腕を摑んで、

「部屋にお戻り下さい。あなたはまだ私の患者です。あなたの言うことが正しいのならば、きちんと工藤さんと向き合って下さい」

と言った。

「先生に、そこまで言われては……許しがでるまで、〝はちきん先生〟の怖いけど綺麗なお顔を拝んでおきましょうかな」

「なんですか、それは」

「いや、みなが言ってるから」

苦笑した倉田は、また足を引きずって部屋に戻った。

なんとか起き上がった誠吾は、怪しい人影が消えた裏庭の方を、柱に凭れながら凝視していたが、淡い月明かりが植え込みに射しているだけだった。

六

本所二つ目にある津軽藩上屋敷の門前に、忠兵衛が立ったのは、その翌日のことだった。むろん、錦の診療所で、倉田と誠吾が揉めたことなどは知らない。

忠兵衛の横には、険しい顔つき……いや逞しい姿の勝馬が立っており、立派な長屋門を武者震いをしながら見上げていた。

「さすが十万石の大名だ。お屋敷だけでも、威厳があるなあ」

それでも外様のせいか、江戸城からは程遠い。戦国末期に、陸奥大浦《おおうら》城主だった大浦為信《ためのぶ》が、南部の北畠《きたばたけ》らと抗争しながら、津軽を統一した。秀吉に気に入られた為信は、姓も津軽と改め、領土を安堵されたが、京都で客死したため、御家騒動が起こった。その後も、藩を二分するほどの派閥抗争などが繰り返され、政事は安定しているとは言えなかった。何度も幕府は仲裁や裁定をしている。

元禄《げんろく》年間の津軽地方を襲った大凶作は、死者が八万人も出るほどだった。津軽藩は幕府から八千両の救済資金を受けたが、千人余りの家臣を御役御免にせざるを得なかった。こうした事態は、享保の今でも繰り返されているのである。もとより、地震や豪雨による土砂崩れ、河川の氾濫、疫病などの自然災害は津軽だけのことではなく、日本全土を苦しめていた。

ゆえに、津軽藩上屋敷の専らの仕事といえば、幕府や江戸商人から金を借りることであった。江戸家老や留守居役は、毎日のように幕府の老中や若年寄、勘定奉行や豪商などと折衝をしていた。そのせいか、人の出入りが意外と激しかった。

「帰れ、帰れ。町方になど用はない」

十万石の大名ともなれば、門番侍もそれなりの身分である。町奉行所役人の突然の訪問など相手にしなかった。強く追い帰され、

「さようですか。どうしても、江戸家老の原口外記様には、お目にかかれませぬか」

と忠兵衛は懇願した。

「当たり前だ。どうしても面談したければ、せめて町奉行でも連れてこい」

門番侍は居丈高に振る舞った。江戸家老は幕閣を相手にする立場だぞと言いたか

ったのであろう。たしかに、江戸家老は藩主の代理ゆえ偉い立場だ。町方役人を相手にするはずがなかった。いわば全権を担った〝大使〟のようなものである。

その下に留守居役もいたが、元々は家老職だった。だが、家老と老中が折衝すれば、藩と国の交渉となり、何か揉めると一大事となる。そのため、身分を下げた留守居役を作り、あくまでも「幕府にお願いする」という立場に徹したのだ。それは、どこの大名も同じことだった。

門番の横柄な態度に、忠兵衛は文句も言わず立ち去ろうとしたが、勝馬は袖を引っ張り、

「こんなことで、本当にいいのですか」

と小声だが苛立って言った。

それが聞こえたのか、門番が、うるさそうに追っ払う仕草をした。

すると、勝馬はズイと詰めより、

「そこもとの名を訊こう。こっちは名乗ったのだ。さあ」

と睨みつけて迫った。

「貴様ら如きに、名乗らねばならぬ謂れはない」

「ほう。津軽藩士は姓名も名乗れぬのか。それほど疚《やま》しいことをしているということ

とだな。なるほど、相分かった。さすがは人殺しの江戸家老様々だ」

「なんだとッ」

気色ばむ門番は、六尺棒を打ちつける真似をしたが、勝馬は微動だにせず、

「先の江戸家老、中里義之亮が人殺しならば、今の江戸家老・原口外記も人殺しとはな。津軽武士は、人殺しの集まりか」

「無礼者。それ以上、御託を並べると容赦せぬぞ」

「本当のことを言ったまでだ。反論があるなら、奉行所まで出て来い」

あまりにも激昂したように言う勝馬を、忠兵衛は仰天して見ていたが、「やめろ」と腕を引いて立ち去ろうとした。だが、勝馬はそれを振り払って、

「名もない門番如きに用はない。話の分かる奴を出せ」

と食らいついた。

さすがに門番も腹を立て、他の門番も加わって六尺棒を突いてきた。勝馬は軽く躱して、六尺棒を摑むと捻るようにして、投げ飛ばした。他の門番たちも子供を相手にしているように次々と投げ飛ばして、門内に押し入っていった。

「お、おい……」

忠兵衛も追いかけて入ったが、あっという間に家臣たち十数人が駆け寄ってきて、

今にも抜刀するかのように身構えた。大名屋敷は仮に幕府からの拝領であっても、領地も同然である。藩の御定法をもって裁いてよい。

「津軽藩江戸家老、原口外記様に、御用の筋で参った。ぜひに、ご面談下され」

「こら、よさないか。中はまずい」

無理矢理、忠兵衛は勝馬を門外に引っ張り出した。門前の騒動も御法度だが、まだ理を通すことができるからだ。

それでも、家臣たちは外まで追って出てきて、ズラリと忠兵衛と勝馬を取り囲んだ。俄に騒然となった雰囲気に、屋敷に出入りしていた商人ら、通りがかった人々は、あっという間に散り散りに去った。

「御家老を人殺しとは何事だ。無礼者。成敗してくれる」

家臣のひとりが声を荒らげた。

「斬れるものなら斬ってみろ。たかが町方同心だと舐めるなよ。斬れば、津軽藩は幕府に喧嘩を売ることになる。その覚悟で、かかってこられよ」

「生意気な」

一斉に、家臣たちが刀を抜き払ったが、勝馬はまだ抜かないでいた。

「角野さん。どうしますか、こいつらと一戦、交えますか」

「いや、それはまずい。第一、俺の刀は竹光だ」

忠兵衛が答えると、家臣たちは「ふざけているのか」と切っ先を向けた。だが、勝馬は香取神刀《かとりしんとう》流などで鍛えた剣術の自信もあるのか、まったく怯む様子はなく、

「かつて、ある藩士が町方同心を無礼打ちにしたことで、改易になった事件を知らぬようだな。参勤交代の途中、天領の代官役人と揉めて斬ったときにも、藩はお取り潰しとなった。さあ、この天下の往来で、やってみますかな」

「貴様が御家老を、ありもしないことで愚弄するからだ」

家臣の頭目格が怒鳴りつけると、勝馬は大きく頷いて、

「ならば言って進ぜよう。まずは、先の中里義之亮……こやつは、郡奉行だった鹿内大膳様を、屋敷に夜襲して斬殺した。もう十年も前のことだ」

「なんだと。言うにこと欠いて」

「次に、今の江戸家老の原口外記……こいつは、その中里義之亮を、これ幸いと殺した。三年前に、この屋敷内でな……しかも、お菊なる奥女中のせいにして片を付けようとした」

「！……」

家臣たちは騒然《そうぜん》として勝馬を見やり、それから、お互い顔を見合わせた。その表

情を見ていた勝馬は、確信を得たとばかりに、ニンマリと笑って、

「そのとき、原口外記に加担したのは、おまえさんたちか……庭石で頭を打ってい
た中里は意識があったが、グサリと脇差しで喉を突いて止めを刺した」

と朗々とした声で言った。

一瞬、家臣たちは狼狽したように後退りしたが、頭目格は睨みつけ、

「何を証拠にそのような。出鱈目も大概にせい」

と罵倒した。

「出鱈目だと決めつけるならば、事実をお話し下さいませぬか。こっちは、ちゃん
とした証言を得ているのです。津軽では、追手番を支配する馬廻組と藩主護衛の手
廻組、そして、城代家老支配の留守居組は、不仲らしいですな」

「黙れ」

「組頭は、三つ巴で出世争いをするらしいですが、それが高じて暗殺をする事態に
も及ぶとか……すべては、お菊が証言した」

「奥女中如きに何が分かる」

「ただの奥女中ではない。鹿内大膳様の娘と言えば、お分かりか」

「なんと！」

頭目格は驚いたが、続けて「嘘だ」と喚いた。

「前の家老も、今の家老も、鹿内大膳様を犠牲にして成り上がった、愚か者だってことだ。恥を知れ、恥を」

勝馬が大声で喚いていると、門内から風格のある羽織袴姿の武士が出てきた。原口外記である。目が異様なほど大きく、ぎらついている。家臣たちを押しやって、自ら前に出ると、

「先ほどから何の騒ぎだ」

と直に勝馬に訊いた。

さすがに、貫禄がある。十万石大名の江戸家老ともなれば、サンピン同然の勝馬は圧倒されてしまった。

その時、忠兵衛が突然、土下座をして、

「門前にてのご無礼、大変、申し訳なく存じます」

と言い始めると、勝馬は舌打ちをしながらも、それに従った。

「――聞こえると言うておろうが」

「なんで、土下座なんか」

「仕方がなかろう。門番とは違うのだ」

忠兵衛たちがゴニョゴニョ話しているのを見て、原口は舌打ちをして、

「町方ふぜいが、早々に立ち去れい」

と命じると、

「大きな舌打ちだなあ」

勝馬が俺も叶わないとばかりに見上げた。忠兵衛はその頭を押さえて、

「あ、いえ……拙者、南町奉行・大岡越前の使いで参りましてございます」

「なに、大岡殿の……」

「これを、どうか、お納め下さいませ」

忠兵衛は懐から封書を出し、直に手渡そうとしたが、原口は家臣の頭目格に、

「おい、宮脇《みやわき》」

と顎で指図した。宮脇と呼ばれた頭目格は、忠兵衛から封書をもぎ取るや、跪《ひざまず》いた姿勢で原口に差し出した。

途端、原口の表情が強張った。すぐに忠兵衛は補足した。

「江戸城辰ノ口評定所への召喚状でございます。日時はそれにて指定しておりますが、特段の事情があれば、改めてよいとのことです。此度の疑義は……疑義は、そこに記されているとおり、三年前に起こった前江戸家老、中里義之亮様殺害につい

ての聞き取りでございますれば」

「藩邸内のことだ。しかも、片が付いているものを今更、何故……」

「それも含めて、評定所にて、お話し下されば幸いです」

「申せ。何故じゃ」

「私は使いに過ぎず、召還の理由を申し上げる立場にはございません。それに……評定所からの使いに、かように刀を向けられましては、幕府としましても黙認はできないかと存じます」

地面に手を突いたまま忠兵衛が見上げると、原口は憎々しげな顔になって、

「貴様……端からこうなるつもりで、門番を挑発したのだな」

「滅相もございませぬ」

忠兵衛はもう一度、深々と頭を下げた。

「――刀を引け」

原口は家臣たちに命じて、召喚状を懐に仕舞うと、

「こっちにも都合がある。日時については、追って評定所に届けるゆえ、大岡殿にはさよう伝えるがよい」

と鋭い目で忠兵衛と勝馬を睨みつけた。

「ハハア。承知仕《つかまつ》りましたでございまして候でございます」

唸るような声で忠兵衛は恐縮したが、勝馬にはバカにしているようにしか感じられなかった。前の江戸家老を殺した原口のことだ。逆上されるのではないかと、はらはらしていた。

七

その夕暮れ、釣瓶落としで逢魔《おうま》が時《とき》——。

錦の診療所に、数人の羽織姿の侍が訪れた。津軽藩の家臣たちである。先頭に立つ宮脇が、並んでいる患者たちを押し退ける勢いで入ってきて、大声を発した。

「工藤、どこだ。工藤誠吾はおらぬか」

荒々しい一団に驚いて出てきた錦は、何事かと訊き返した。

「ここで世話になっておる工藤誠吾は、我が藩の者だ。色々と面倒をかけた。すぐに連れて帰り、後はこちらで介抱、治療するゆえ、引き渡して貰おう」

「さようでございますか。ですが、工藤さんはまだ充分に食も取れません。丁度合う薬も調剤できておりますし、体もまだ動かすのは難儀なので、今しばらく、こちらで治療に専念した方がよろしいかと」

「こちらでやると言うておる。藩医も常駐しておるゆえな」

「ですが……」

「いいから、連れてこい」

　問答無用の態度に、錦は一礼をして立ち去ったが、すぐに戻って来て、

「工藤さんご本人が、まだここで養生したいと申されてますので、今日のところは、お引き取り願えますか」

「本当に工藤が申したのか」

「はい」

「では、確かめる。どけ」

　宮脇は錦を押しやって奥に入ろうとした。錦はすぐに止めにかかったが、他の家臣たちが乱暴に抱え込んで取り押さえた。

「何をするのですか」

　錦の張り上げる声などものともせず、ズンズンと宮脇は診療所内を探して廻り、中庭に面した廊下を巡って、離れ部屋に入った。

　そこには、誠吾が横になっていた。

「工藤……無様なものよのう」

見下ろして、宮脇は冷徹な目で言った。

「打ち損じた上に、かような体になれば、俺なら腹を斬るがな」

「も、申し訳ございません」

ゆっくり起き上がろうとした誠吾を、宮脇は足蹴にして倒した。

「そのまま寝ておれ。みなで藩邸まで運んでやるゆえ」

数人の家臣が誠吾の手足を抱えて抱き上げようとしたが、その時、中庭を挟んだ渡り廊下の向こうから、倉田が声をかけてきた。

「これはこれは、宮脇殿」

振り返った宮脇は、あくまでも冷ややかな目で睨みつけていた。

「お忘れか。津軽にて、鹿内大膳殿に世話になっていた南部の倉田左馬之助だ……名乗らずとも分かるか。なにしろ、俺を鹿内殿殺しの下手人に仕立てて、追手番に長年、仇討ちをさせようとしたのは、おぬしなのだからな」

「――ほざけ」

宮脇が吐き捨てると、倉田はゆっくりと廊下を廻って、誠吾の部屋に行きながら、

「おまえさんも忙しい御仁だな。鹿内殿の家来だったのに、中里様に鞍替えし、か

と思えば、江戸に来てからは、原口様の腹心の部下とは……いやいや、もしかして、原口様の命も狙っているのではないのかな」

と薄笑みを浮かべながら言った。右手はまだ包帯で固められているが、左手には刀を手にしている。事あらばすぐに鞘を払えるよう、鯉口は切っている。

「しかし、原口様を斬ったところで、おまえさんは江戸家老になれる身分ではない。はてさて、どうする」

「黙れ、下郎」

「おまえに下郎呼ばわりされとうない。一応、南部藩の次席家老並だったのでな。いや、昔のことを言うのは野暮か」

「ならば、この場で斬り捨ててもよい」

「鹿内殿を斬った、その刀でか」

倉田が睨みつけて言うと、他の家臣たちもエッと驚いた。

「俺もな、十年も阿呆面下げて彷徨《さまよ》ってたわけじゃない。誰が何故、鹿内殿を殺したか、俺なりに探ってた」

「……」

「おまえのことは当初から疑っていたが、まさか俺のせいにするとは、油断した……その頃から、中里と繫がっていたとは、余所者《よそもの》の俺は知りようもなかったのでな」

じわじわと倉田は、離れ部屋に近づいていく。

「だが、中里が手代に殺された……という一件では、俺も驚いた。そんなことで死ぬタマかと思っていたからな。だが、もし、おまえが裏で上手く立ち廻ったとしたら……さもありなん」

「何のことだ……」

「おまえが殺したということだ。原口の命令でな」

「——黙れ」

「で……此度、原口とやらが評定所に呼ばれたから、不都合な奴は潰しておこうという魂胆か……」

「なぜ評定所のことを……」

「知ってるかって？　この診療所の女医者は、番所医だぜ。町奉行はもとより、与力や同心の面倒を見てる。そりゃ、色々と耳に入ってくるだろうよ」

「！……」

「特に、永尋書留役の角野という同心とは、気心が通じてるらしくてな。俺たちのことも、よく見守ってくれてる……らしぃ」

倉田はじっくりと言い寄りながら、宮脇の側まで来た。

「そこの工藤誠吾とやらもバカではない。おまえを信じて、俺を追ってきたのは可哀想だと思うが、中里の一件ではかなり疑念を抱いていたはずだ」

「……」

「だから、俺を狙うときも、少しばかり気迫に欠けていたのではないかな……鹿内殿を殺したのも、宮脇ではないかと勘繰っていた……そうであろう、工藤」

誘い水を倉田に向けられた誠吾は、上目遣いで宮脇を見た。

「――そうなのですか……事実を教えて下さい」

「おまえは南部者の言うことを信じるのか。原口様は今や窮地に立たされている。あらぬ疑いをかけられ、御公儀評定所にまで呼ばれた。我々、家臣は一丸となって、お助けしなければならぬのだ」

「ですから、本当のことをお話し下さい」

「どうした工藤……大怪我をして気弱になったか……さあ、津軽藩邸にて、ゆっくりと養生させてやる」

宮脇がそう言って手を差し伸べたとき、誠吾は言った。

「私もすべて町方から聞いております……私の主君・鹿内様の娘のお菊さんが、中間の雁助とともに、中里様に仇討ちをしようとしていたことを……私こそが不明だった。お菊さんの思いも知らず……」

「いい加減にせいよ、工藤。これは江戸家老様の命令だ。藩邸に戻れ」

強い口調になる宮脇を見上げる誠吾に、倉田は言った。

「ついて行けば、途中で殺されるか、屋敷内で始末されるであろう。おまえは、お菊が女中になってまで果たそうとした仇討ちこそ、助太刀《すけだち》するべきだったな」

「……………」

「鹿内殿に手をかけた奴は、今、目の前におるが」

「う、うう……」

悲嘆に暮れる誠吾を、苛ついた目で見ていた宮脇はさらに睨みつけ、

「かような男の戯れ言を、おまえは信じておるのか」

「宮脇様、武士の情け、本当のことを」

「くどいな、おまえも。南部者に唆《そそのか》されおってからに……裏切り者めが」

言うなり宮脇は抜刀して、誠吾を斬ろうとした。寸前、倉田は左腕で鞘を払い投げ、本身で宮脇の肩口を峰打ちした。

他の家臣たちも騒然となったが、宮脇を抱きとめるだけで反撃はしてこなかった。

倉田は小さく頷いて、

「おぬしたちも、事情が分かったようだな……ゆめゆめ騙されるでないぞ。主君にただ従うのが武士道ではない。時には諫めねばならない。篤と心得て、評定所の裁定には潔く従うがよい」

と津軽藩士たちを諭すように言った。

宮脇は苦痛の表情で何か喚いていたが、家臣たちに連れ去られた。玄関を出たところで、篠原と銀蔵が駆けつけてきたが、

「どうした。何事があった。怪我しているのに、なんでここで診てやらないのだ」

などと的外れのことを言っていた。

篠原が奥に入ってきて、「なんだ、なんだ」とこれまた一騒動起こしそうになったが、錦はそっと止めた。

「今は、ほっといてね……後で、じっくりお話は伺えると思いますので」

見やると――誠吾の側に、倉田が寄り添うように座っている。

「おまえは津軽に帰れ……俺は南部に帰る……また良いこともあろう。おまえは若い。まだまだ、やれることがある」

倉田が励ますように肩を叩くと、誠吾は唇を噛みしめながら、

「前にも言いましたね、若いからって……あなたも、まだまだやり直せますよ」

「おい。俺は何も悪いことをしてないぞ」

「俺だってしてません」

「だな……」

「ですね」

微笑む誠吾に、倉田も笑いかけた。

「故郷はいいぞ。今度一緒に、烏帽子岳に登るか」

「いやです。喧嘩は懲り懲りです」

「ふはは、こいつ……」

なぜだかふたりは大笑いした。その胸中には烏帽子岳の雄大な風景が広がっているに違いない。そんな大らかな笑い声だった。


いつものように、忠兵衛は日本橋川で釣り糸を垂れていた。丁度、壊れた橋の袂があった辺りである。

まだ落下したままの橋桁の材木が、すべて片付いていない。ゆえに流れが少し、

変わっており、水面が波立っている。大雨が降ると洪水になりやすい。近くの住人は、早く始末してくれと、普請方に嘆願していた。

「よく、こんな所で釣りができますね」

背後から、勝馬が声をかけた。

「――おまえな、いつも突然、後ろから声をかけるのやめてくれ」

「角野さんが夢中過ぎて、気付かないだけですよ」

「嘘つけ。そっと来てるだろう」

「あれ……？」

傍らの魚籠を覗いて、勝馬は驚いた。小魚や川海老《かわえび》、泥鰌《どじょう》みたいなのばかりだが、意外と大漁だからである。

「不思議がることはない。こうやって材木や流木が重なってる所には、小さな魚が隠れ家にして集まってくるからな、大きな魚がそれをねらって来るんだ」

「そうなんですか」

「しかも満ち潮のときは、潮水と真水が入り混じってるからな、海から大きな鯛《たい》だって来ることがある」

「本当に？」

「おまえ何も知らぬなあ……隅田川《すみだがわ》は逆流して、吾妻橋《あづまばし》の上流の方まで行くんだぞ。だから、川でも海の魚が釣れるんだ。その支流のこの辺りなんざ、商家から米糠なんぞが流れ出てきて、わんさか……ほら来た」

忠兵衛が竿を素早く引き上げると、ウロコが燦めく一尺程の鯛が宙を舞った。それをタモ網も使わず素早く取り上げるると、大きな魚籠の方に入れた。

「捌いてから、皮ごとサッと湯引いて刺身にして、紅葉おろしでしゃぶしゃぶっと……もう一尾釣って、それは鯛飯に……ああ、思い浮かべるだけで、たまらん」

言っているそばから、またすぐ釣り上げた。そこへ、ぶらりと今ひとり、篠原がやってきて、嫌味たっぷりに、

「こっちが評定所にまで足を運んでいるうちに、おまえたちは馳走の話かよ」

「お疲れ様です。たまには、どうです、一緒に釣りでも。竿はそこにありますよ」

「しねえよ」

篠原は不機嫌な顔ながら、何となく嬉しそうに、

「おまえたちのお陰で、俺に対して、金一封が出た。大岡様の睨み通り、北町の裁定は間違いで、津軽藩の原口が、前の江戸家老の喉を突いて殺したことが明らかになったのでな」

「それはようございました……おっとっと、また釣れた、ふはは」

忠兵衛の釣り竿の先には吸盤が付いているかのように、次々と鯛や鮃《ひらめ》がかかる。

「聞いてるのか、おい……でな、北内。おまえの此度の働きもアッパレだと、お奉行も大層、喜んでおってな、ついては定町廻り方に配属してもよいとの許しが出た」

「あ、そうですか」

勝馬は他人事《ひとごと》のように答えた。

「喜べ。おまえのことだ。この俺が推挙したのもあるが、まあ、なんというか……とにかく、憧れの定町廻り同心として頑張るがよい。これは、筆頭同心としての訓示だ」

篠原が胸を張って述べると、勝馬も釣り糸を垂らしながら、

「ありがたきこと……ですが、今しばらく、永尋書留役におりとう存じます」

「なんだと。何故だ。こんな体《てい》たらくな奴に毒されたか」

「そうではありませぬ。〝くらがり〟に落ちた事件の方が、大手柄になることが多いのではないか。そう算盤を弾いたからです」

「バカか……」

「よくよく考えてみれば、難儀な事件だからこそ、永尋になるわけです。目の前の簡単な事件は、それこそバカでも解決できますので、私にはこちらが向いてるかも……と今のところは、そう判断しました。はい」

「はいじゃねえよ。こっちが、どれだけ後押ししてやったと思ってんだ。勝手にしやがれ」

篠原は尻を捲《まく》るようにして踵を返した。勝馬は見送りもせず、なかなか釣れないながら、餌を変えたり、糸の長さを調節したりしながら、しぶとく挑戦していた。

忠兵衛も脇目もふらず、ここぞとばかりに次々と大物を釣り上げていた。黒羽織は捨て置いて、並んで釣っているふたりの姿は、どう見ても公務を怠けているとしか思えない。

それでも、江戸前から吹いてくる潮風は今日も心地よく、眩しく輝く水面の光は、ふたりを優しく包み込んでいた。

光文社文庫

文庫書下ろし／傑作時代小説
百《ひやく》年《ねん》の仇《かたき》　くらがり同《どう》心《しん》裁《さい》許《きよ》帳《ちよう》
著　者　井《い》川《かわ》香《こう》四《し》郎《ろう》

2021年1月20日　初版1刷発行

発行者　鈴木広和
印　刷　新藤慶昌堂
製　本　榎本製本

発行所　株式会社 光文社
〒112-8011　東京都文京区音羽1-16-6
電話 (03)5395-8149　編 集 部
8116　書籍販売部
8125　業 務 部

ISBN978-4-334-79146-9　Printed in Japan

組版　萩原印刷